ファンタジーは知らないけれど、何やら規格外みたいです

Fantasy ha shiranai keredo,
naniyara kikakugai
mitaidesu

神から貰ったお詫びギフトは、無限に進化するチートスキルでした

渡琉兎
Ryuto Watari

Illustration
たく

主な登場人物
フェリ
商業ギルドにおける、
トーヤの同僚。
明るい性格で、
お客からの評価も
高い。
アグリ
元気いっぱいな
フェリの弟。
素直でまっすぐ、
でもそのせいで
空回りすることも。
トーヤ
本作の主人公。
穏やかな性格で、
どんな時でも礼儀正しい。
ファンタジー知識ゼロで
転生したが、
その身に宿すスキルは
規格外!?

リリアーナ
商業ギルドのサブマスター。
仕事ができて
気配りも忘れない、
頼れるお姉さん。
ヴァッシュ
足の速さが自慢の狼獣人。
「瞬光」では
斥候役を務める。
口は悪いが、
親切で優しい。
ダイン
腕利き冒険者パーティ
「瞬光」のリーダー。
面倒見がよく、
剣の腕も抜群。
ミリカ
誰に対してもフレンドリーな
「瞬光」のムードメーカー。
ヴァッシュとは
犬猿の仲……!?

◆◇◆◇第一章：冬夜、転生する◇◆◇◆

「――……はて、ここはどこでしょう？」

意識を覚醒《かくせい》させたスーツ姿の中年男性は、思わず呟《つぶや》いた。

彼は立ち上がり、ゆっくりと辺りを見回す。

周囲には彼の背丈《せたけ》よりも何倍も背の高い木々が茂《しげ》っていた。

中年男性はこの辺りの景色には、全く見覚えがない。

そもそも彼には、スーツ姿で森や林に入る理由がなかった。

彼は改めて周囲を見回す。

天気は快晴《かいせい》。木々の隙間《すきま》からは太陽の光が降り注いでいる。

木々が直射日光《ちょくしゃ》を遮《さえぎ》っているおかげで気温もちょうど良く、涼《すず》やかな風がそよいでいた。

「うーん、確か取引先へ向かっていたように記憶していますが……」

彼はここに至るまでの経緯《けいい》を思い出すため、腕組みをしながら考える。

「……あれ？　私――子供を助けようとして、車に轢《ひ》かれませんでしたっけ？」

そう呟いた途端《とたん》、中年男性の肌《はだ》を柔《やわ》らかく撫《な》でていた風が突風に変わった。

落ち葉が舞《ま》い上がり中年男性に振り掛かったものの、彼は特に気にした様子もなくさらに続ける。

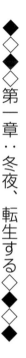

「……間違いなく轢かれましたよね？　ということは、ここは天国？　天国であれば、亡くなった祖父母に会い、少しくらいは語り合えるでしょうか……いいえ、少しと言わずとも、死んだのですから時間は無限《むげん》に――」

「ちょっとおおおぉぉっ!!　ここは天国じゃありませーんっ!!」

瞬間、中年男性の傍《そば》で女性が声を荒らげた。

中年男性は驚きのあまり思わず叫ぶ。

「うおおおぉぉっ!?」

先ほどの突風は、女性が急いで走ってきた時に発生した風だった。

しかし、中年男性はそれに気づいていなかったのである。

中年男性は瞬《まばた》きを繰《く》り返しながら、目の前の女性に尋《たず》ねる。

「……え？　あの、あなたは？」

「わたくし、女神《めがみ》ですの！」

女神は、胸を張りながら答えた。

その言葉を聞いた中年男性は、納得したように言う。

「神？　ほほう、となるとここはやはり天国ですか！　あの、私の祖父母がどこにいるかお分かりに――」

「だから違いますのよおおおぉぉっ!!」

「何やら申し訳ございませええええん!?」

中年男性はその場に正座《せいざ》をして姿勢を正しつつ、謝罪の言葉を口にした。

女神は中年男性の顔を見ながら指を立てる。

「もう！　ここは天国じゃなくて、転生前に滞在《たいざい》する空間ですのよ。あなたはこちらの不手際《ふてぎわ》で亡《な》くなってしまったのです！　だから別世界に転生させてあげにきたというわけですの！」

「……不手際？　私が本来死ぬはずのないタイミングで亡くなってしまった、ということですか？」

「そうですの！　だからわたくしが管理する世界への転生を……って、どうしたのですか？」

女神の言葉を受けて、中年男性の目から自然と涙《なみだ》が零《こぼ》れ落ちた。

「えぇ⁉　あの、えっと、どうしたのですか？」

その様子を見た女神は慌てて尋ねる。

「……私の人生は楽なものではなかったですが、まだやれる、もっと頑張れる、とも思っていたのです。運命であれば己の死も受け入れられますが……そうですか、私は不手際で死んでしまったのですね」

「うぅっ⁉　そ、それは、そうなのですが……ほ、本当に申し訳ないのです！」

中年男性の悲しそうな反応を見た途端、女神はすぐに頭を下げた。

先ほどまでの穏《おだ》やかな態度や、事前に調べていた境遇《きょうぐう》を考慮《こうりょ》すると、女神は中年男性がそこまで悲しんでいると思っていなかったのだ。

中年男性は目じりを拭《ふ》いて、笑みを浮かべる。

「……いえ、構いません。私の人生が辛《つら》いものであったのは事実ですし、誰にでも失敗はありますからね。それに、もう悲しんでも仕方ないことでしょう？」

「……あの。そのようにあっさり許してしまってもいいのでしょうか。佐鳥冬夜《さとりとうや》様」

「いやはや、こんな性格でしてね。怒るのはあまり得意ではないのですよ」

中年男性――冬夜は頭を掻《か》きながら苦笑いを浮かべると、小さく息を吐いてもう一度姿勢を正した。

「では、その……転生、でしょうか？　それを行うとどうなるのでしょうか？」

冬夜の態度を見た女神は、若干の申し訳なさを感じつつ口を開く。

「えっと、そうですね……ファンタジーの世界で暮らしていただくことになります。佐鳥様の世界ではそのような作品が流行っていたでしょう？」

女神は冬夜の世界の文化についていろいろと調べた結果、日本ではファンタジー系のアニメや漫《まん》画《が》が人気だと理解していた。

しかし、冬夜は頬を赤くする。

「あぁー、いえ。お恥ずかしい話ですが、そういった類《たぐい》の書物は読んだことがありません」

「え？　漫画やアニメなど、お好きでないですか？」

女神は想定外の回答に、思わず質問を重ねた。

「あはは。私の世界のことを良くご存知なのですね。ですが……うーん、漫画などは多少触れてきましたが、アニメとなるとほとんど分かりません」

「……そ、そうでしたのね。……おかしいですわ、聞いていた話とは違うような……」

確かに、日本ではファンタジー系の作品は流行っていた。

だがそれはあくまで、そういった傾向《けいこう》があるという話でしかなく、冬夜個人はファンタジーについてほとんど知らない。

動揺《どうよう》のあまりブツブツと独り言を呟き始めた女神に、冬夜は声を掛ける。

「あの、どうかしましたか？」

その言葉に女神は、ビクッと肩を震《ふる》わせて顔を上げる。

「な、何でもありませんのよ！　えっと、その……ごほん！　これから佐鳥様が転生する世界は、剣や魔法の異世界——ファンタジーの世界なのです！」

「そうなのですね。……むむ、そうなると私では力不足といいますか、上手くその世界に適応できず、女神様にご迷惑をお掛けしてしまうのではないでしょうか？　剣を握《にぎ》ったこともなければ、魔法のことも良く知りません」

「そんなこと、気にする必要はないのです。佐鳥様は転生した世界で、自由に暮らしてください」

「自由に、ですか？」

「はい。新たな人生を謳歌《おうか》していただければ、それで構わないのですわ」

女神にそう言われ、冬夜は顎《あご》に手を当て考え込む。そして数秒後、一つ頷く。

「……分かりました。では、比較的安全な世界へ転生させていただけますでしょうか。自分が戦いに向いているタイプとは思えませんから」

冬夜の言葉を聞いた女神は頷く。

「かしこまりましたわ。それと、新たな世界で使える『スキル』を一つ進呈《しんてい》いたします」

「スキル……？　直訳すると、技能や能力といった意味合いだと思いますが？」

「その通りです！　佐鳥様が転生する世界の人々は、成長するにつれスキルと呼ばれる様々な能力に目覚めていくのです。そのスキルを佐鳥様にもお渡しいたしますわー！」

女神がそう口にすると、冬夜の目の前にスキルの名前と能力の詳細が書かれたウインドウがズラッと現れた。

その数は一〇〇〇を優に超えている。

「こ、これは……むむ、多すぎませんか？」

難しい顔をした冬夜に対し、女神はこれが当然だと言わんばかりにどや顔になる。

「当然です！　転生先の世界に存在する全てのスキルを網羅《もうら》しておりますから！」

「す、全てですか。ですがそれは、インチキと言いますか、卑怯《ひきょう》と言いますか……」

「こちらの不手際で命を奪ってしまったのです。これくらいは当然でございますわ」

「そ、そうですか。ふむ……であれば、ものの情報を知るスキルはありますか？　やはり何より大事なのは知識だと思いますので」

冬夜は転生先の世界でどのように生きるか、どうすれば安全に生きられるかを考えた結果、このような質問をしていた。

「当然！　では、佐鳥様の希望に適したスキルのみを表示させていただきますわ！」

女神がそう口にすると、表示されているスキル名が一気に減少した。

「残ったのは約一〇〇スキルですわ！　この中での私のおすすめは『叡智の瞳《えいちのひとみ》』！　世界の全てを見極《みきわ》められる瞳であり、佐鳥様の希望を全て備《そな》えた完璧なスキル！　是非《ぜひ》ともこのスキルを――」

女神の意気揚々《いきようよう》とした言葉を、冬夜は遮る。

「では、一つずつ吟味《ぎんみ》させていただきますね」

「……あの、是非とも叡智の瞳を選んでいただければと思うのですが？」

「いえ、せっかく女神様に選んでいただいた一〇〇のスキル。しっかりと確認したいと思います」

冬夜の言葉に女神は驚きながらも頷く。

「……わ、分かりましたわ。では、お選びください！　時間は無限にございますから！」

その言葉を聞いた冬夜はスキル選びを開始した。

冬夜はスキルの詳細を確認し、そのスキルで何ができるのかを一通り考えてから、また次のスキルへ視線を移す――そんな作業をひたすら続けた。

一つのスキルに一時間近く掛けることもあり、「時間は無限にございます」と口にした女神も途中からは暇《ひま》そうに、冬夜から離れた場所でダラダラと過ごし始める。

やがて何十時間も掛けて冬夜が全てのスキルの確認を終えた頃には、女神はグースカピースカといびきをかきながら熟睡《じゅくすい》していた。

「……ふへへ～……もう食べられないのですわ～」

だらしない寝顔をさらす女神に、冬夜は声を掛ける。

「あ、あのー、女神様ー？」

「ふへ……ふへへ～…………はっ！」

冬夜の呼び掛けで目覚めた女神は、口から垂《た》れていた涎《よだれ》を素早く拭《ぬぐ》うと、凛《りん》とした女神らしい態度を繕《つくろ》い、立ち上がった。

「ごほん！　……では佐鳥様、選んだスキルを教えていただいてもよろしいですか？」

「はい。私が選んだスキルはこれ――『鑑定眼《かんていがん》』です」

「…………え？　か、鑑定眼、ですか？」

冬夜からするとこれしかない！　と選択したスキルだが、女神は唖然《あぜん》とした表情を浮かべている。

「……えっと、佐鳥様？　そちらの鑑定眼は、叡智の瞳の圧倒的下位互換《かいごかん》……というか、鑑定系スキルの中でも初級に分類される、外れスキルなのですが……」

女神の言葉を聞いた冬夜は、首を傾《かし》げる。

「そうなのですか？　鑑定眼、とても有用なスキルだと思うのですが……」

「やっぱり叡智の瞳がいいのですわ！　鑑定系スキルのトップである叡智の瞳であればどんな時でも役に立ち、佐鳥様が路頭《ろとう》に迷うことなど絶対にない――」

叡智の瞳の有用性について熱弁《ねつべん》を続けようとした女神の言葉を遮り、冬夜は微笑む。

「鑑定眼で十分に満足していますので、このままで構いません」

「……ど、どうしてもですか、佐鳥様？」

「はい」

「……苦労をすることになるかも知れませんのよ？」

「私の人生、それくらいがちょうどいいかと」

女神からすればお詫《わ》びとしてスキルを与えるつもりだっただけに、わざわざ初級のスキルを選ぶ意味が分からなかった。

「……わざわざしなくてもいい苦労をすることになるのですよ？」

「苦労のない人生なんて、私には想像ができませんから」

冬夜は苦笑いを浮かべながらそう口にした。

彼は自分がワーカーホリックであることを理解している。

前世で勤めていた会社でも、同僚を助けるためにサービス残業を繰り返していたのだ。

女神の言う通り、楽をすることもできるだろう。それくらいの権利はあると自分に言い聞かせることもできるだろう。

しかし、楽な人生を選び、その結果として自分に何が残されるのか。何かを積み上げたとて、人生の最後になった時に、それが本当に自分の成果だと自信を持って言い切れるのか。

冬夜はそんなことを考えた末、鑑定眼を選んだのである。

冬夜は女神を見つめながら言う。

「これはもう、性分《しょうぶん》と言うしかないかも知れませんね。楽をするのは私には合わないのです」

「…………あぁ〜、もう！　分かりましたわ！　ですが、段階《だんかい》を踏んでいただければ鑑定眼が叡智の瞳に進化するよう取り計《はか》らわせていただきますわよ！」

折れない冬夜を前に、ついに女神の方が妥協案《だきょうあん》を提示したのだが――

「別に必要ありませんが？」

「いいえ！　これはわたくしの我儘《わがまま》です！　いいですか、我儘なのですわ！　だから佐鳥様のお言葉は聞きませんわ！」

「……わ、分かりました。そういうことならば、はい」

女神の迫力に圧《お》されるように、冬夜は何度も頷いた。

その後、女神が何かを小さく呟くと、冬夜の周りにあったウインドウが消える。

「ごほん！　……それでは佐鳥冬夜様。あなたへ付与するスキルは鑑定眼。そして、転生先の世界は――スフィアイズですわ」

女神の言葉を聞いて、冬夜は思わず繰り返す。

「スフィアイズ……そこが、私が転生する新しい世界なのですね」

「その通りですわ。比較的安全な世界への転生ではありますが、あくまでも比較的安全、というだけで、危険がゼロという訳ではございませんので、ご注意くださいませ」

「そうでしょうとも。何事にも絶対はありませんから」

「ご理解が早くて助かりますわ。スフィアイズでも同じ種族同士で争うことはありますし、人間を食らう魔獣《まじゅう》も存在しております。くれぐれも、命を大事にしてくださいませ。……まあ、巻き込んでしまったわたくしが言える立場ではありませんが……」

女神の語尾のトーンが下がったのを聞き、冬夜は微笑みながら口を開いた。

「とんでもございません、女神様。私に二度目の人生を与えてくださり、感謝しております。今回の人生は自由を謳歌し、私なりの人生を歩むことをお約束しますよ」

「……全く、本当に寛容《かんよう》なのですわね、佐鳥様は」

「ははは。ここまで仰《おっしゃ》られるということは、私はどうやら本当に変わった性格なのですね」

そう口にして、冬夜は頭を掻きながら苦笑いを浮かべる。

その直後、彼の足元から突如として光の粒《つぶ》が浮かび上がってくる。

「おや？　これはなんでしょうか？」

冬夜が周囲を見回していると、女神が穏《おだ》やかな口調で言う。

「転生が始まったのです。これでお別れですわ、佐鳥様」

その言葉を聞いた冬夜は、深く頭を下げる。

「そうですか。いろいろとありがとうございました」

「こちらこそ、申し訳ございませんでしたわ。二度目の人生、存分に堪能《たんのう》してくださいませ」

「ありがとうございます」

冬夜は自然な笑みを浮かべながら、女神の前から消えていった。

「……行ってしまいましたわね。それにしてもあれだけ穏やかで物腰柔《ものごしやわ》らかなのは、素晴らしいおじい様とおばあ様に育てられたからなのでしょう」

先ほどまで冬夜がいた場所を見つめながら、女神はそんなことを呟いた。

彼女は冬夜が死んでしまったあと、彼について調べた。

自分が管理する世界に転生させる人物が、万一にでも悪人であったらことだからだ。

「幼少期は忙しい両親の顔色を常に窺《うかが》う必要があった。そんな環境で育ったからこそ、大人になって上司から無茶ぶりをされても、文句一つ言わずに仕事をこなしていましたのよね」

冬夜の両親は共働きで忙しく、ほとんど彼のことを気に掛けることはなかった。

しかし、冬夜の傍にはどんな時でも彼を支え、常に味方していた祖父母がいた。

あの穏やかで丁寧《ていねい》な性格は、祖父母が優しく育ててくれたからである。

だからこそ、社会人になって職場に恵まれず、サービス残業ばかりを繰り返すことになろうとも、冬夜は自分の人生を憎むことはなかったのだ。

「わたくしの世界では、もうそんなに苦しむことはないのですよ。まぁ、ファンタジーを知らないとは思いませんでしたが……ともあれ、わたくしの世界、スフィアイズをお楽しみくださいませ、佐鳥様」

女神は最後にそう呟き、踵《きびす》を返す。

そして森の奥へと姿を消したのだった。

◆◇◆◇第二章：トーヤ、異世界に立つ◇◆◇◆

「――……おぉ、今度は薄暗いですねぇ」

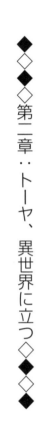

転生が終わった冬夜が最初に見たものは、薄暗い洞窟《どうくつ》の中の景色だった。

「女神様に転生させてもらったはずですが……何故このような場所にいるのでしょうか？　うーん……分かりませんね」

冬夜はとりあえず外に出てみようと思い、歩き出した。

腕組みをしながら考え込んでいた冬夜だが、しばらくしても分からないものは分からない。

「……っと、おや、一歩が小さいですね？」

歩き出してみて、冬夜は自分の歩幅《ほはば》が前世よりもだいぶ小さくなっていることに気づいた。

加えて最初に声を出したタイミングから、自分の声が高くなっているとも感じていた。

「転生とはつまり『生まれ変わり』のこと。全く別の体に変わっているということですかね？」

そんなことをぶつぶつと呟きながら、壁に手を付きゆっくり歩いていく。

すると進む先が徐々《じょじょ》にではあるが明るくなっていった。

冬夜はホッと息を吐き、言葉を漏《も》らす。

「さて、私はこの世界、スフィアイズでどのように生きていきましょうか」

洞窟がどれだけ続いているのか分からないこともあり、冬夜はスフィアイズでの生き方について考えながら歩くことにした。

「女神様は自由に暮らして構わないと仰っていましたが……自由、ですか」

前世では自由に生きたことなど一度としてなかったのではないかと、冬夜は今さらながら考えてしまう。

そのため、いざ自由に暮らせと言われても、どうしたらいいのかすぐには分からなかった。

「……今までは上司の指示に従って仕事をしてきたわけですし、こちらでは本当に自由に、私のペースで仕事ができればいいですねぇ」

とはいえ、それが難しいだろうことを冬夜は理解している。

何せ彼はスフィアイズについて全く知らず、仕事と言ってもどのようなものがあるのかすら分からないのだ。

「よし、まずは一つの組織に属《ぞく》していろいろと学びましょうか！　それから好きな仕事を見つけても遅くはないでしょう！」

冬夜としてはスフィアイズのことを知るには、まずスフィアイズの中で働く必要があると考えた。

「まずは仕事を探しましょう！　そこからスフィアイズを知り、私のペースで仕事ができる場所を見つけるのです！　……もしくは、私がお店を持つのもいいかも知れません！　それなら完全に自由です！」

考え出すと想像が膨《ふく》らんでいき、冬夜はスフィアイズで生きていくのが楽しみになってきていた。

とはいえワーカーホリックな冬夜は、異世界でも結局は働くことが前提になると気づいていなかったが。

今後の予定を考えながら数分歩き続け、冬夜は出口から漏れていると思《おぼ》しき光を見つけた。

彼はその方向に向けて改めて歩を進める。

「ようやく出口ですか。さて、スフィアイズとはどのような世界なのでしょうか。女神様はファンタジーの世界だと言っていましたが、はてさて」

漫画には多少なり触れてきた冬夜だが、彼が読んでいた漫画はいわゆる現代ものであり、現実に沿《そ》った内容のものばかりだった。

女神が口にしていたようなファンタジー要素の強い漫画は読んだことがなく、言ってしまえば冬夜はファンタジーに対する知識が一切ない。

そんな彼は洞窟を出て、早速感嘆《かんたん》の声を漏《も》らす。

「……おおぉぉぉぉ〜！　これはまた、絶景《ぜっけい》ですねぇ！」

洞窟は標高《ひょうこう》の高い山頂に続いており、そこからの景色は冬夜が口にした通り絶景そのものだった。

美しい深緑《しんりょく》が山を覆《おお》っており、合間には透明度の高い川が流れているのが見て取れる。

その先まで視線を向けると、整備された街道《かいどう》を挟《はさ》んで長大な壁に囲まれた都市が確認できた。

壁の内側には色とりどりの建物がひしめき合っているだろうことが遠目からでも分かる。

「いやはや、とても美しい景色です！　ここからの景色をぜひともカメラに収めておきたい！　ですが……まあ、ありませんよね。えぇ、予想はしていましたが」

前世でポケットに入れていたスマホの感触は今はない。

それでも一応ポケットを弄《まさぐ》るが、当然何も入っていなかった。

そもそも服装自体、麻《あさ》のような素材でできたものへと変わっている。

冬夜は小さくため息を吐くと、改めて自分の体や手足を見る。

「うーん、とりあえずは、自分の顔を確認したいですね。幼くなっているのは確かでしょうが」

手や足の大きさは、前世で佐鳥冬夜だった時から明らかに小さくなっている。

また視線もかなり低い。

さすがにこれで大人の体なことはないだろう、と冬夜は考えていた。

「川がいくつも流れていましたから、そこまでいけば反射で顔も確認できるでしょう。それに喉《のど》も渇《かわ》きましたしね」

そう口にした冬夜は一度屈伸《くっしん》をすると、川を目指し慎重《しんちょう》な足取りで山を下っていった。


三〇分ほど掛けて川まで辿《たど》り着いた冬夜は、顔を水面《みなも》に映す。

「……ほほう、これが私の顔ですか。……うーん、これ、いいんでしょうか？　私には勿体《もったい》なさ過ぎる気がしますが……」

冬夜は自分の顔を確認すると、両手でペタペタと触りながら感想を口にした。

髪色こそ前世と同じく黒色だが、その顔立ちはとても整っている。

「私の幼少期とも全く違うのですねぇ。まあ、別の世界なのですから当然と考えれば当然なのですが……いやしかし、勿体ない」

勿体ないと何度も呟きながら、冬夜は手を川へ入れて水をすくい上げ、口に含む。

水を飲んだことで喉が相当渇いていたと気づき、冬夜は何度も水をすくって口へと運ぶ。

しばらくして満足すると、今度は冬夜の腹が鳴《な》る。

たらない。

「……お腹、空きましたね」

腹をさすりながら、冬夜は視線を周囲に向けた。

木の実やキノコでもあれば、とりあえず食べてみようかと考えたのだが、それらしきものは見当たらない。

ならば魚はどうだろうと川を見るが、こちらもダメだ。

「うーん、どうしたものでしょうか」

腕組みしながら考え込んでいると、冬夜は女神との会話を思い出した。

「……そういえば私、スキルをいただいたのでした」

ポンと手を叩きながらそう口にしたものの、冬夜はどのようにして鑑定眼を使えばいいのかを聞いていなかったことに気がつく。

「……困りました、どうしましょう」

そうして再び腕組みをして数秒、考えているだけではどうしようもないと気持ちを切り替え、冬夜はいろいろと試してみることにした。

「とりあえず、そこら辺の石で鑑定にチャレンジしてみましょう！　物は試しです！」

足元の石を拾い上げた冬夜は、ひとまず石をじっくりと眺めてみる。

「鑑定番組とかでも、こうやってじっくりと眺めていましたからね！」

すると冬夜の目の前に石の状態が記されたウインドウが現れる。

「……おや？　何か出ましたね」

鑑定眼を発動させる条件は、鑑定するものを視界に捉《とら》えること、そして鑑定したいと願うこと。

冬夜は偶然にもそれを満たしたのである。

「空中にこのようなものが……なんとも不思議《ふしぎ》です。触れることは……ふむ、できませんか。ただ、これに石についての情報が記されているのは確かなようです。なになに？　……ロックリザードの鱗《うろこ》ですか。……ん？　ロックリザード？　鱗？　石ではないのですか？」

——ガサガサ。

冬夜がそう口にしたのと同じタイミングで、川の向こうから茂《しげ》みを揺らす音が聞こえてきた。

「……これはまさか、女神様が仰っていた、あれですか？　魔獣というものですか？」

冬夜がドキドキしながら見つめる中、徐々に揺れが大きくなり——

「あっれー？　君、どうしたのー？」

茂みの中から現れたのは、肩まである赤髪が特徴的な女性だった。

「ダイン、ヴァッシュ、男の子がいるよー？」

「どうした、ミリカ？」

「あぁん？　てめぇ、何を意味の分からないことを……って、マジでいるじゃねえか！」

女性の後方からさらに二人、黒髪と銀髪《ぎんぱつ》の男性が姿を見せる。

銀髪の方は獣人であり、狼《おおかみ》のような耳が頭部についていた。

「……おぉ、獣の耳がついていますね」

冬夜は思わず呟く。

ファンタジーを知っている者からしたら、生の獣人にテンションが上がるシチュエーションだろうが、彼からすれば、獣耳を頭に付けた不思議な男性が現れたようにしか思えない。

その時、赤髪の女性――ミリカが冬夜に呼び掛ける。

「君ー、どうしたのー？　何でこんなところにいるのー？」

「おっと、失礼いたしました。しかし、どうしたの、ですか。……はて、今の私の状況はどう説明したらよいのでしょう？」

「……いやー、聞いてるのは私の方なんだけどー？」

「あぁ、確かにそうでしたね、失礼いたしました」

冬夜の返答に彼女は首を傾げ、後ろの男性二人も怪訝《けげん》そうに顔を見合わせている。

「とにかくー、ここは危険だからこっちに来なー！」

女性の言葉を聞いて、冬夜はあることを思い出す。

「危険ですか？　そういえばこれ、ロックリザードという生き物の鱗でした――」

――ガサガサ。

瞬間。再び茂みが揺れる音が響いた。

しかし今回は川の向こうではなく、冬夜の後方から聞こえてきた。

「おや？　何でしょうか？」

三人と出会ったことで、冬夜はスフィアイズに転生してから張り詰めていた緊張を解《と》いていた。

故《ゆえ》に、振り返った時も相手が悪意ある存在であるとは全く思っていなかった。

『……キシャアアアァァ』

茂みからのっそりと姿を現したのは、石のようにゴツゴツした皮膚《ひふ》を持つ蜥蜴《とかげ》の魔獣——ロックリザードだった。

その体長は、子供の背丈を優に超えている。

「危ないっ！」

『キシャアアアッ！』

ミリカの忠告とほぼ同時に、ロックリザードの咆哮《ほうこう》が山にこだまする。

その直後、ロックリザードは冬夜に向けて四肢《しし》を忙《せわ》しなく動かして突進してきた。

「ちょっ、いきなりですかあっ⁉」

驚きのあまり尻もちをつきつつ冬夜が叫んだ直後、黒髪の男性と獣人の男性が跳躍《ちょうやく》した。

「何故——」

「——逃げねぇんだバカ野郎があっ！」

川幅は五メートルを優に超えている。

それでも二人は川を軽々と飛び越えると、冬夜の前に立ち、ロックリザードへ攻撃を仕掛けた。

「どらあああっ！」

『ギジョバ——』

獣人の男性——ヴァッシュがロックリザードを拳《こぶし》で打ち上げた。

そして、黒髪の男性——ダインが大剣を振り下ろす。

「はあっ！」

『――バジュギャッ!!』

ロックリザードは無様に鳴き声を上げて、真《ま》っ二《ぷた》つになった。

「……お、おおぉぉ～！」

あまりに鮮やかな二人の戦いぶりを見て思わず拍手した冬夜だったが、そこへダインとヴァッシュからツッコミが入る。

「拍手している場合か!!」

「……申し訳ございません、助かりました」

冬夜が二人から怒られているところに、遅れて川を飛び越えてきたミリカが合流した。

「あはは！　君、おかしな子だね！　名前は？」

「申し遅れました。私、佐鳥冬夜と申します」

冬夜は頭を下げて名乗った。

その言葉を聞き、ミリカは首を傾げる。

「サトイトーヤ？」

「いいえ、佐鳥冬夜です。さ・と・り・と・う・や」

「……サトイトゥーヤ？」

「……冬夜です」

「トーヤだね！」

「…………はい、トーヤです」

長い名前は覚え辛いのかと思った冬夜は、この世界ではトーヤと名乗ることにした。

冬夜――あらためトーヤとミリカのやり取りが一段落したのを見て、大剣を背に戻しながらダインが問い掛ける。

「それでトーヤよ、君はどうしてここにいたんだ？」

「他に仲間がいるんじゃねえのか？　さっさとそっちと合流しろよ」

ヴァッシュも面倒くさそうにそう呟いた。二人の言葉を聞いたトーヤは、首を横に振る。

「いいえ、いませんよ？　私は一人ですから」

すると今度はミリカが心配そうに、トーヤの顔を覗《のぞ》き込みながら声を掛ける。

「そうなの？　それならどうやってここまで来たの？　ここ、結構危ない山なんだよ？」

ミリカからすれば、子供であるトーヤがたった一人で魔獣の縄張《なわば》りである山の中にいることが不思議でならないのだ。

「うーん、先ほどまでは山頂の洞窟にいたのですが、どうやって来たかといいますと……その……」

さすがに女神に転生させてもらったとは言えず、トーヤは口ごもってしまった。

だが、トーヤが答えを言う前に、ダインとヴァッシュが驚きの声を上げる。

「洞窟……まさか！」

「おいおい……てめぇ、冗談言ってんじゃねぇぞ？」

「冗談ではないのですが……あの洞窟、何かあるのですか？　もしや入ってはいけない場所だとか？」

ダインとヴァッシュの反応に不安を抱いたトーヤだったが、すぐにミリカが否定する。

「あっ！　ううん、違うよ！　私たちは洞窟の近くに危険な魔獣が現れたという情報を受けて、調査に来ていたの」

「危険な魔獣ですか？　……うーん、そのようなものはいませんでしたよ？」

すると、トーヤの言葉を聞いたダインが頷く。

「それは貴重《きちょう》な情報だな。まぁだからといって洞窟へ行かないわけにもいかないが」

「んだよ、魔獣がいねーんじゃ、無駄足になりそうだな」

ヴァッシュが口惜《くちお》し気にそう言ったのを聞いて、トーヤは説明を続ける。

「ですが、私は出口を探して光の方へ向かっていただけなので、別の場所に隠れていたのかも知れませんね」

トーヤの証言を受けて、ミリカたちは今後のことやトーヤの扱いについて、相談を始める。

そして三人はすぐに、トーヤを連れて洞窟へ向かうのが良いという結論を出した。

三人は改めてトーヤを見つめる。

「トーヤさえよければ、一緒に来ない？」

「うむ。自衛《じえい》手段がないのであれば、この山を一人で歩くのは危険すぎる」

「置いていって死なれたら、こっちの迷惑になんだぞ？　分かってんのか⁉」

ミリカ、ダイン、ヴァッシュがそれぞれそう口にした。

トーヤの身元は分からないものの、子供をこんな場所で一人にはできないという判断だ。

しかし、トーヤはすぐには首を縦に振らない。

「確かに私に自衛手段はありません……ですが、ご迷惑になりませんでしょうか？」

トーヤは自身の都合で他人の仕事の邪魔をしてしまうことに対し、気が引けていた。

とはいえ同時に魔獣を初めて目にしたトーヤは、また魔獣に襲われたら自分は何もできず殺されてしまうだろうとも感じていた。

そう考えたのは戦闘経験がないというのも理由の一つだが、それ以上に魔獣を目の前にした途端、体がすくんで動けなくなってしまったのが大きい。

トーヤは当初、魔獣をただの動物のようなものだと捉えていた。故に遭遇してもなんとかなると思っていたが、今ではその認識を改めていた。

そのため曖昧《あいまい》な態度を取ってしまったトーヤだが、ミリカは笑みを浮かべる。

「これでも私たち、Aランク冒険者なの！　子供一人増えたところで邪魔だなんて思わないわ！」

ダインとヴァッシュも続ける。

「然《しか》り。子供が大人に気を遣《つか》う必要もないだろう」

「いいか、ガキ！　連れていってはやるが、俺たちの指示に従ってもらうからな！　それができなきゃ自分でなんとかしろ、いいな！」

ロックリザードを討伐した鮮やかな手腕《しゅわん》と今の言葉から、トーヤはミリカたちがこの世界で戦闘をなりわいとしている者だと推測した。

トーヤは少し考えてから、頭を下げて口を開く。

「……いやはや、本当にありがとうございます。皆さんのご迷惑にならぬよう、指示には従わせていただきますので、同行させていただいてもよろしいでしょうか？」

そしてそのまま顔を上げたトーヤを、残る三人はきょとんとした顔で見ていた。

「……あの、どうかいたしましたか？」

「んっ？　あぁ、いや、トーヤはとても礼儀正しいのだなと思ってな」

「そうでしょうか？」

「そうだよ！　普通、その歳でそんな丁寧な言葉遣いなんてできないよ？」

「てめぇは今でもできねぇだろうが」

軽口をたたいたヴァッシュを、ミリカが睨む。

「ヴァッシュ！　なんか言った⁉」

「やめないか、二人共。見苦しい所を見せてすまないな、トーヤ」

ダインが呆れるように言った。

「いえいえ、仲が良ろしいようで安心いたしました」

「「良くない！」」

トーヤの言葉に、ミリカとヴァッシュは口を揃《そろ》えて反論した。

そんな二人を見て、ダインは小さく息を吐く。

「全く二人は……まぁいい。それよりトーヤよ。俺たちに付いてくるということは、一緒にこの山を登《のぼ》ってもらうことになるが、体力的に問題はないか？」

「大丈夫です。何卒《なにとぞ》よろしくお願いいたします」

そう言って、トーヤは再び頭を下げた。

こうしてトーヤはダイン、ミリカ、ヴァッシュと共に再び山を登り始めた。

四人はヴァッシュを先頭に、ダイン、トーヤ、最後尾にミリカという並びで歩いている。

「ところで、危険な魔獣とはどのような個体なのですか？　先ほどのロックリザードもその一種とか？」

トーヤは足を動かしながら三人に声を掛けてみる。

ミリカはそれに優しい口調で答えた。

「それを調査しに来ているんだよー」

「だが、ロックリザードのような小物ではないだろうな。あの程度の魔物なら、発生しても俺たちに調査依頼が来ることはない」

「……あ、あれで小物なのですね」

ダインの言葉を聞いたトーヤは、苦笑いを浮かべた。

「あんなチンケなやつが小物じゃなかったら、なんだってんだ？　おい、そこ窪《くぼ》んでるから気をつけろよ」

「おぉ、ありがとうございます、ヴァッシュさん」

「けっ！　遅れられたら、こっちが困るんだよ！」

ヴァッシュは悪態《あくたい》をついて列を離れ、一人山の中をグングンと進んでいく。

彼は斥候《せっこう》役を担っており、今のように時折列を離れては、周囲の偵察《ていさつ》を行っていた。

「すまないな、トーヤ。あいつは言葉遣いこそ悪いが、心根は優しくていい奴なんだ」

ダインが気を遣うようにそう言うと、トーヤは笑みを浮かべる。

「十分理解しております、ご心配なく」

「えぇー？　ヴァッシュの奴、絶対気遣いなんてしていないと思うけどなー」

「聞こえてっぞ！」

ミリカの言葉に、少し離れた場所にいたヴァッシュが反応し、怒鳴《どな》り声を上げた。

「うっわー、相変わらず地獄耳《じごくみみ》ー」

ミリカとヴァッシュのやり取りを横目に、ダインは思い出したように口を開く。

「そういえばトーヤはロックリザードの鱗を持っていたが、なぜあんな物を？」

「おぉ、ダインさんは一目であれがロックリザードの鱗だと分かったのですね」

「職業柄《しょくぎょうがら》、魔獣の素材はよく見ているからな。それで、あれは拾ったのか？」

「実は私、鑑定眼というスキルを持っているのですが、その使い方が分からなかったのです。なので試そうと思い、手近《てぢか》に転がっていたあの鱗を拾って鑑定していたのですよ」

そう口にしたトーヤは、そこでダインが首を傾げていることに気がついた。

「トーヤは鑑定眼を初めて使ったのではなかったたか？」

「はい、その通りです」

トーヤは頷くが、今度はミリカが不思議そうに腕を組む。

「鑑定眼は練度を上げないと、魔獣の素材を鑑定できないはずなのよねー」

「そうなのですか？　ですが、できてしまいましたね？」

三人で首を傾げていると、会話が聞こえていたのか遠くでヴァッシュが声を上げる。

「つーか、鑑定眼を使うのが初めてって、自分の鑑定もしたことねーってことか!?」

「……自分を鑑定ですか？」

「えっ！　鑑定したことないって、素材をって意味じゃないの？　鑑定系のスキル持ちはスキルに目覚めたら、まず自分を鑑定するって聞いたことあるけど？」

まさかという反応をミリカが見せると、トーヤは苦笑いしながら首を横に振った。

すると、ダインが穏やかな口調で言う。

「他人の鑑定は上位の鑑定スキルでなければできないが、自身を対象とするのであれば下級スキルの鑑定眼でも問題はないと聞いたことがある。一度試してみたらどうだ？」

「ほほう、それは面白そうですね。それでは失礼して……ふんっ！」

どのようにして自分を鑑定すればいいのか分からなかったトーヤは、頭の中で自分を鑑定しようと気合いを込めた。

すると、トーヤの目の前にウインドウが現れる。

「……おぉ！　出ましたよ、皆さん！」

「トーヤよ、そこまでの気合いは必要ないぞ？　それに鑑定画面はスキルの持《も》ち主《ぬし》にしか見えん」

「普通に自分を鑑定したいって思い浮かべたら、すぐにできるらしいよー」

ダインとミリカの指摘《してき》にトーヤは頭を掻きながら頬を染める。

「おっと……いやはや、お恥ずかしい」

そう口にしつつ、トーヤは浮かび上がったウインドウに視線を向けた。

(ほほう？　名前がトーヤで、隣に括弧《かっこ》で佐鳥冬夜と記載されていますね。どうやらスフィアイズでの名前はトーヤとなっているようですね)

そんなことを思いながら上から順番に鑑定結果を確認していたトーヤだったが、途中で気になる点を見つける。

「おや？」

「どうしたのだ？」

トーヤが驚きの声を上げたのを見て、ダインが心配そうに声を掛ける。

「……どうやら私、スキルを勘違《かんちが》いしていたようです」

「か、勘違い？　そんなことあるの？」

ミリカの疑問に、トーヤは困惑《こんわく》しながら頷く。

「はい。私のスキル、鑑定眼ではなく、『上鑑定眼』になっていました」

上鑑定眼――多くの物を鑑定できるスキル、いわば鑑定眼の上位互換だ。

これはトーヤのスキルが進化した結果なのだが、神様云々《うんぬん》の話をするとややこしくなると思い、トーヤは上手くはぐらかすことにした。

その説明を聞いたミリカは不思議そうに言う。

「うーん、見間違えてたのかなー！　そんなことないと思うけど……」

「だがまあ、より上位のスキルを持っていたのだ。良いことだろう」

ダインにそう言われ、トーヤは首を傾げる。

「そうなのですか？　スキルの説明文を読みましたが、私にはいまいち違いが分からず」

「鑑定眼より上鑑定眼の方ができることが多いからな、もしかすると俺たちがトーヤに鑑定を依頼することも今後あるかも知れんぞ？」

その言葉を聞いたトーヤは、自然と笑みを浮かべていた。

出会ったばかりで何者かも分からない自分を助けてくれたダインたち。

その手助けができるかも知れないと分かり、嬉しかったのである。

「私なんかでよければいつでもお声掛けください」

トーヤが胸を張ってそう言うのを見て、ダインとミリカは微笑む。

「その時はよろしく頼む」

「よろしくね！　トーヤ！」

二人の笑顔を見て、トーヤは改めて自らの鑑定結果に視線を落とす。

「……あれ？　もう一つスキルがあるようですね。『アイテムボックス』と書かれておりますが」

身に覚えのないスキル名を見て、トーヤは何気なく呟いた。

「『アイテムボックス⁉』」

しかし、その呟きを聞いたダインとミリカは口を揃えて叫んだ。

二人はそれからトーヤに詰め寄り小さな声で続ける。

「……ト、トーヤよ、アイテムボックスのスキルを持っているのか？」

「……それ、誰かに話した？」

二人の問いに、トーヤは首を傾げながら答える。

「誰も知らないと思いますよ？　それがどうかしましたか？」

強《し》いて言えば女神は知っているだろうが、やはりそんなことは言えず、トーヤは無難に答えた。

すると、ダインとミリカは小さく胸を撫でおろしてから、真剣な表情を浮かべる。

「トーヤよ、アイテムボックスというのは、生き物以外ならどんな物でも亜空間に保管することができるスキルなんだ。個人によって保管できる量の差はあるがな」

「それを聞けば、アイテムボックスがとっても便利なスキルだって分かるわよね？」

「……そうですね。荷物を持つ必要がないので、移動が楽になりそうです」

その言葉を聞いて、ミリカは頷きながら続ける。

「トーヤの言う通り、アイテムボックス持ちが一人でもいればパーティメンバー全員が身軽になれるから、とっても便利なの。そういうわけでアイテムボックス持ちはどのパーティからも引っ張りだこなんだ」

「おぉ、それでしたら皆さんのお荷物も――」

「ただし！」

トーヤの善意からの提案を遮るように、ミリカが大きな声を上げた。

「アイテムボックスのスキルを持っている人はとても少なくて、貴重な人材なの！　脅《おど》しや暴力で、無理やり従《したが》わせる奴もいる。特にトーヤは子供だし……」

心配そうな顔のミリカを見て、トーヤは身をブルッと震わせる。

「……そうなのですね。ご忠告《ちゅうこく》、痛み入ります」

「本当に分かったんでしょうね、トーヤ！」

「あまり声高《こわだか》にアイテムボックス持ちだと言わないことが大事、ですよね？」

「その通り！」

ミリカにグイッと顔を近づけながら言われてしまい、トーヤはたじろぎながらも答える。

「か、かしこまりました。それはそうとして、何かかさばるお荷物があれば入れましょうか？」

「……話、聞いていたんだよね～？　むやみにスキルを使って、誰かに見られたらどうするの～？」

ミリカからジト目で抗議されるトーヤ。

周囲に人はいないので良いかと思っての提案だったのだが、ミリカはかなり警戒しているようだった。

それほど、トーヤの身を案じているのである。

「……失礼いたしました、今のは聞かなかったことに」

そんなトーヤの言葉を聞いてもなお、ミリカはジト目を向け続けている。

「その辺にしたらどうだ、ミリカ。トーヤも本当に気をつけるんだぞ？」

二人の様子を見かねたダインがそう言うと、トーヤは頭を下げた。

「かしこまりました、以後気をつけます」

そんなタイミングで、ヴァッシュが索敵《さくてき》を終え、戻ってくる。

「この辺りには何もないな。洞窟まで足を運んでみたが、ガキの言った通り、魔獣はいねぇ」

するとミリカは今度、ヴァッシュを睨みつける。

「ちょっと、ヴァッシュー！　そんな所まで一人で行くなんて、危ないじゃない！」

「ガキを連れて魔獣と遭遇《そうぐう》する方が危ねぇだろうが！」

「なんと、ヴァッシュさんは私のことを心配してくれたのですね、ありがとうございます」

トーヤが感謝を告げると、ヴァッシュは嫌そうな顔で大声を上げる。

「んなわけねぇだろうが！　勘違いすんな、ガキが！」

その言葉を聞いたダインは微笑みながら、トーヤの肩に手を置く。

「言っただろう、トーヤ。ヴァッシュはいい奴だとな」

「ええ、その通りですね」

「……ちっ！」

ヴァッシュは嫌そうな顔のままそっぽを向く。

しかし言葉や態度とは裏腹《うらはら》に、ヴァッシュが先ほどから気に掛けてくれていることを、トーヤは感じていた。

だからというわけではないが、トーヤはダインに一つ提案する。

「……あの、ダインさん？　ヴァッシュさんにもあのことをお伝えしてもいいでしょうか？」

トーヤは、ヴァッシュにも自身がアイテムボックスを持っていることを話したかったのだ。

しかしダインが答えるより先に、ヴァッシュが怒鳴り声を上げる。

「おい、ガキ！　それ以上言うんじゃねぇ！」

「なんでしょうか？」

どうして怒鳴られているのか理解できず、トーヤは首をコテンと横に倒した。

ミリカが状況を説明してくれる。

「さっきも言ったけど、ヴァッシュは地獄耳だからねー。私たちの話も聞こえてたんじゃないかなー」

「その話をむやみにするなって言われていただろうが！」

ヴァッシュに指摘され、トーヤは苦笑いを浮かべた。

「つーわけで、ダイン！　ここにはもう何もないんだ、さっさと下山するぞ！」

まくし立てるようにヴァッシュは言い放ち、来た道をさっさと戻っていく。

「ヴァッシュの口が悪くてすまんな、トーヤ」

「いえいえ、こちらこそヴァッシュさんを怒らせるつもりはなかったのですが……そうですね、私も口を滑《すべ》らせないよう、より一層気をつけなければいけませんね」

頬を掻きながらトーヤがそう口にすると、ダインとミリカは顔を見合わせ、苦笑する。

「「……本当に子供？」」

「そんなに疑いたくなりますか？　どこからどう見ても子供ではありませんか」

胸を張るトーヤを見て、二人は大笑いする。

そのさらに前方で、ヴァッシュも誰にも見られないよう小さく微笑んでいた。


下山を始めて一〇分後、トーヤは自分が腹を空かせていたことを思い出した。

ただ、守ってもらっている中で、食糧までダインたちに求めるのは気が引ける。

そのため周囲の木々を見ながら食べられるものがないかと探していると——ポンとトーヤの目の前にウインドウが現れた。

「……おや？　これはいったい……ほほう、アプル、食用の果実ですか」

ウインドウは、目の前にある大きな木の枝に垂《た》れ下がっていた果物のすぐ真横に浮かんでいる。

トーヤが食べられるものを探していたため、鑑定眼が視界に入った対象物を自動的に鑑定したのだ。

「おぉ、やはりこのスキルはありがたいですね。食用かどうかも分かるだなんて」

「どうしたの……って、おー、アプルじゃん！」

ミリカはトーヤの視線を辿り、納得したように頷いた。

すると、二人のやり取りを見たダインが口を開く。

「なんだ、トーヤ。お腹が空いていたのか？　それならそうと言ってくれればよかったのに」

「守ってもらっている上に、食べ物まで催促《さいそく》するのはいささか気が引けまして」

申し訳なさそうに答えるトーヤに、ダインは穏やかな口調で言う。

「そんなこと、子供が気にする必要はないんだぞ」

「でもまあ、私たちが持っている食糧は保存食だから美味《おい》しくないし、トーヤがアプルを見つけられたんだからいいんじゃないかしら！」

ミリカはそう口にして、大きな木の枝先まで軽々と飛び上がる。

そしてナイフを華麗《かれい》に振り抜いて、あっさりとアプルを収穫すると、地面に着地した。

その後ニコリと満面の笑みを浮かべ、アプルを持った右手をずいっとトーヤに突き出した。

「はい、どうぞ」

「えっ？　よ、よろしいのですか？」

「当然よ！　だって、トーヤのために取ってきたんだから！」

トーヤは驚きながらもお礼を言う。

「……あ、ありがとうございます」

「んだよ、面倒くせぇなあ！」

トーヤがお礼を口にしたタイミングで、近くに来ていたヴァッシュが声を上げる。

そして、右腕を大きく振りかぶり、そのまま近くの大木を殴《なぐ》りつけた。

――ドゴンッ！

大木が大きな音を立てて揺れる。

トーヤは目の前で起こった出来事に目を丸くする。

――ドサドサドサドサッ！

ヴァッシュが殴りつけた木はアプルを多く実らせていた。それらが大量に落ちてきたのだ。

その光景を見たミリカとダインが、口々に言う。

「……わーお、ヴァッシュったら、豪快《ごうかい》だねー」

「全く、お前は……やりすぎだぞ」

「さっさと食って行くぞ！　ったく、マジで面倒くせぇ」

辺り一面に転がっているアプルを見て、トーヤは苦笑いを浮かべる。

「……えっと、ヴァッシュさん？　いくら空腹だからといって、こんなには食べられ――」

「知らねーよ！　お前のためにアプルを落としたんじゃねぇ！」

トーヤの声を遮るように、ヴァッシュがそう答えた。

「らしいぞ、トーヤ」

「……かしこまりました」

ダインの言葉にトーヤはクスリと微笑みながら頷く。

そしてミリカとヴァッシュにお礼を言うと、アプルにかぶりついた。

「……ほほう……これは……リンゴのような味がしますね」

「へぇー、リンゴってやつは聞いたことがないけど、アプルと似たような味なの？」

ミリカにそう尋ねられたトーヤは、適当に誤魔化《ごまか》すことにした。

「あー……私のいた国で、これに似た果実がありまして……」

それからアプルを一つ、ペロッと平らげ、ダインに声を掛ける。

「あの、地面に落ちた分が勿体ないので、例のスキルを使っても問題ないでしょうか？」

先ほどアイテムボックスに関することで注意されたばかりなので、曖昧な表現でスキルの使用許可を求めるトーヤ。

その意図を察したダインは少し考え、口を開く。

「ヴァッシュ、周囲に人がいるか調べてくれ」

「ちっ、面倒だな！」

ヴァッシュは愚痴《ぐち》を言いながらも目を閉じ、耳をすませる。

そしてしばらく経ったあとに目を開いた。

「周囲から人の足音はしねぇ。早くしろ」

トーヤは頷く。

それから鑑定眼を使った時と同じ要領で、地面に落ちたアプルを手に持ち、収納したいと考える。

すると、アプルがトーヤの手元から消失した。

(収納できたみたいですね。今度は——)

アプルを取り出そうと意識すると、手元にアプルが現れる。

(……これは便利ですね)

どうしてこんなスキルを持っているのか不思議に思いながらも、地面に落ちたアプルをどんどんと収納していくトーヤ。

ミリカがアプルを集めるのを手伝いながら口を開く。

「ねぇねぇ、このアプル、一個もらってもいい？」

「もちろんです。と言いますか、ヴァッシュさんが採ってくださったものなので、私に許可を取る必要はないと思いますよ」

その言葉を聞いてミリカは笑みを浮かべ、アプルを一つ懐《ふところ》にしまった。

すると、今度はヴァッシュが急《せ》かすように言う。

「おい、さっさと集めちまえ！」

「ヴァッシュも手伝ってよー！」

「うるせえ！　ガキの近くにだけ落としたんだ！　てめぇらだけで集められるだろうが！」

そう口にしつつ近くの大木を背にして地面に座るヴァッシュに対し、ベーッと舌を出すミリカ。

それを横目に、トーヤはアプルが落ちている場所を改めて見つめた。

「……おぉっ！　確かに私の近くにしかアプルが落ちていませんね！　これも狙ってやったということですか！　ヴァッシュさん、すごいです！」

「黙れガキが！」

単純に褒《ほ》めただけなのだが、何故か怒られてしまいトーヤは苦笑する。

「あいつは褒められるのが苦手なんだ。俺も集めるのを手伝うから、トーヤは収納することだけに集中してくれ」

「よろしくー！」

「なんだか申し訳ありません、ダインさん、ミリカさん」

トーヤが頭を下げると、ダインはニコリと笑いながらアプルを集め始めた。

「食べ物を粗末《そまつ》にするわけにはいかんからな」

「ヴァッシュが手伝ってくれたら、もっと早く終わるんだけどー」

ニヤニヤしながらそう口にするミリカに、ダインが叫ぶ
「うるせえ！　さっさと集めろ！」

五分と掛からずアプルは集め終わった。

「お待たせいたしました、ヴァッシュさん」

「よし、さっさと行くぞ」

それから四人は、改めて山を下るべく歩き出した。

◆◇◆◇

「――おぉ！　麓《ふもと》に出ましたねぇ」

額《ひたい》に浮かんだ汗を拭いながら、トーヤは目の前に広がる平原を見てそう口にした。

アプルを集めてから一時間ほど歩いていたが、他愛《たあい》のない話をしながらだったためか、彼の顔にはさほど疲労の色はない。

ダインが尋ねる。

「俺たちはここから近いラクセーナの街に向かうが、トーヤもそれで良いか？」

その言葉に、トーヤは頷いた。

スフィアイズで仕事を見つけたいトーヤからすれば、人が多いであろう街に行けることは、願ったり叶ったりと言える。

トーヤが頷いたのを確認したダインも一つ頷き、再び歩き始める。

その後ろをついていきながら、トーヤは自然と口を開く。

「そう言えば皆さん、私の歩くスピードに合わせていただき、ありがとうございます」

ヴァッシュを含めた三人が、トーヤの歩幅に合わせて歩くスピードを調整してくれていることに、彼は気づいていた。

故に出たお礼の言葉だったが、即座《そくざ》にヴァッシュが舌打ちをする。

「ちっ！　うるせぇんだよ！　ガキは余計なことを考えず、黙ってついてこい！」

ヴァッシュはそう言うと、一人先に行ってしまった。

すると、ミリカが悪戯《いたずら》っぽく微笑みながら、トーヤに耳打ちする。

「あれはねー、照れ隠しだから気にしないでいいんだよー」

しかし、しっかりとその言葉を聞いていたヴァッシュが振り返った。

「おい、ミリカ！　こっちに来い。ぶん殴ってやる！」

「なんでよ！　絶対に嫌だからね！」

「だったら根も葉もねぇことをガキに吹き込むんじゃねぇぞ！」

「えぇー？　本当のことじゃーん」

ミリカの茶々にヴァッシュが食って掛かる——そんな何度目とも知れないやりとりを見て、トーヤは思わず微笑んでしまった。

「あはは、お二人は本当に仲が良いのですねぇ」

「「良くないから！」」

この調子なら、麓からラクセーナまでの道のりもあっという間に終わってしまうのだろうと、トーヤは思うのだった。


さらに一時間ほど歩き、四人はついにラクセーナの街の前まで辿り着いた。

街の周囲は長大な壁に囲われており、大きな門もある。

門の前には兵士が複数人立っており、その手には剣や槍《やり》などの武器が握《にぎ》られていた。

そんな彼らの前には長い行列ができている。

ダインたちがその列に向かったので、トーヤもあとに続いた。

トーヤは改めて周囲を確認する。

すると、列に並んでいる者たちが、カードのようなものを兵士に提示しているのが目に入った。

それを見て、トーヤは口を開く。

「身分を証明できるものを持っていませんね。どうしましょう……」

トーヤが思わず呟くと、隣にいたダインが声を掛けてきた。

「安心しろ。身分証がない人でも、『鑑定水晶』というものを使えば街に入れる」

「そこで問題なしってなれば、入場料の一〇〇〇ゼンスを支払って中に入れるよ」

「……支払いですか」

ミリカの補足を聞いて、トーヤは自分がスフィアイズのお金を持っていないことに気がついた。

一〇〇〇ゼンスが高いのか安いのかは分からないが、どちらにせよ手持ちがなければどうしようもない。

腕組みしながら考え込んでいたトーヤの頭に、ダインの大きな手が置かれた。

「今回は俺が出しておこう」

「そんな！　そこまでしていただくわけには――」

トーヤは思わずそう言うが、ダインはトーヤの頭を撫でる。

「あの山に一人でいたことといい、何か事情があるのだろう？　それにトーヤが悪人でないことはもう分かっている」

続けてヴァッシュとミリカも口を開く。

「ガキが金のことなんて気にすんな」

「ヴァッシュの言う通りだよー！　それに中に入らないとトーヤ、魔獣に襲《おそ》われて大変だよー？」

ミリカは冗談っぽくそう言うが、魔獣と戦う手段のないトーヤからすれば、その事実は中々に重い。

トーヤはしばし考えたあと、三人に深く頭を下げる。

「……何から何まで本当に申し訳ございません。このご恩は必ずお返しいたしますので」

その様子を見て、三人は小さく笑った。

「それではいつか、トーヤに鑑定をお願いしよう」

「いいね、それ！」

「はっ！　ガキに何が鑑定できるってんだ」

トーヤは三人に心底感謝しながら、列が進むのを待ち続けた。


およそ三〇分後、ついにトーヤたちの身元確認が行われることになった。

門の前に立っていた兵士はダインたちを見かけると、親《した》し気《げ》に声を掛けてくる。

「あっ！　おかえりなさい、『瞬光《しゅんこう》』の皆さん！」

「……瞬光？」

聞き慣れない名前にトーヤが首を傾げていると、ダイン、ミリカ、ヴァッシュが口々に説明してくれる。

「あぁ、言っていなかったな。瞬光というのは、俺たちのパーティ名だ」

「一瞬の光って意味だよ！」

「けっ！　光くらい速いのは俺だけだがな」

気だるげにそう言うヴァッシュを見て、ミリカがからかうように言う。

「それじゃあヴァッシュがリーダーやったらー？」

「んな面倒くせぇこと、するわけねぇだろうが！」

ここでもヴァッシュとミリカが言い合いを始めたが、ダインは慣れた態度で無視すると、彼らの横にいる兵士に声を掛ける。

「すまんが彼は鑑定水晶で身元を確認してくれ」

「それは構いませんが……その子、どうしたんですか？」

「調査で向かった北の山で保護した。どうやら身寄りがないようだったから、とりあえず連れてきたんだ」

ダインの説明に兵士は納得したように頷くと、トーヤの元に近づいてくる。

「分かりました。それじゃあ君、名前は？」

「トーヤと申します。お手数ですが、よろしくお願いいたします」

「……」

兵士はトーヤの丁寧な口調に驚いて無言になり、目をパチクリとさせる。

「あの、どうしたのですか？」

「えっ？　あ、あぁ、いや、なんでもない。それじゃあトーヤ、こっちに来てくれるかい？」

トーヤが声を掛けたことで兵士は我に返り、鑑定水晶がある小さな小屋――警備室へと歩き出す。

それに続いて、トーヤとダインも歩き出す。

「ダインさんも来てくれるのですか？」

「トーヤ一人では不安だろうと思ってな」

「ありがとうございます。ですが……あちらのお二人はそのままでいいのでしょうか？」

トーヤはヴァッシュとミリカがいまだ言い合いをしているのが気になっていた。

しかし、ダインは笑顔で頷く。

「あいつらはいつもああだからな。あれで結局は上手くやれているのだから、問題はないさ」

「ふむ、ダインさんが仰るなら、そうなのでしょうね」

そんなことを話しながら警備室に入ると、兵士が子供の頭くらいの大きさはあるだろう青色の水晶の前で待っていた。

「こちらの鑑定水晶に、片手で触れてください」

「ほほう、これですか。分かりました」

トーヤは鑑定水晶を興味津々《きょうみしんしん》で眺めてから、言われた通りに片手でそれに触れる。

すると、鑑定水晶が青色から白色に変化した。

トーヤが思わず呟く。

「おぉ、不思議ですね」

「問題なさそうだね。身分証がない方は、中に入るのに一〇〇〇ゼンスが必要になるけど……」

水晶を見た兵士がそう言うと、ダインは懐に手を突っ込む。

「それは俺が支払おう、これでいいか？」

「少々お待ちを。……はい、確かに一〇〇〇ゼンス、確認いたしました」

お金を受け取った兵士はそう口にしてニコリと笑った。

それから三人は警備室を出て、門の前へと戻る。

歩きながら、兵士はトーヤに優しく語り掛ける。

「これで君はラクセーナに入れる。ここは治安が良いけど、絶対安全というわけではない。人気《ひとけ》のないところや暗い場所とか、危なそうな場所には近づかないようにね」

「かしこまりました。あの、仕事を探すにはどうしたらいいか、教えていただけますか？」

「仕事かぁ……君のスキルを聞いてもいいかい？」

「上鑑定眼です」

「なら、商業ギルドがいいんじゃないかな。門からまっすぐ進んで、中央の噴水《ふんすい》を右に進み、突き当たりの大きな建物がそうだよ」

兵士と話をしていると、トーヤたちはすぐにヴァッシュたちの元へ辿り着いた。

ミリカとヴァッシュはまだ言い争いを続けている。

その様子を見て、ダインは面倒くさそうな顔をしながら二人の仲裁《ちゅうさい》を始めた。

彼らのやり取りを前に、兵士は苦笑を浮かべた。

兵士から見ても、この光景は見慣れたものである。

トーヤは兵士に尋ねる。

「……ダインさんたちは、普段からあんな調子なのでしょうか？」

「そうだね。仲が良いのか悪いのか……」

その言葉に反応して、ヴァッシュがギロリと睨んできたので、兵士は手をパンと叩く。

「さて、世間話はこの辺りにしておこうかな」

「ご丁寧《ていねい》に教えていただき、重ね重ねありがとうございます」

「これも仕事だよ。それじゃあ——ようこそ、ラクセーナへ！」

◆◇◆◇

ダインたちと共にラクセーナの門をくぐったトーヤは、周囲を見回し、感動の声を上げる。

「おぉっ！　なんとも素晴らしい都市ですねえ！」

日本で生きていた頃は仕事に没頭《ぼっとう》していたため、海外旅行に行く余裕《よゆう》などなく、海外の風景などもテレビでしか見たことがなかったトーヤにとって、西洋風の建物が立ち並ぶ様は、現実とは程遠い未知の景色に映る。

興奮するトーヤを微笑ましく見つつ、ダインが問い掛ける。

「俺たちは武器のメンテナンスをしてから、冒険者ギルドに今日の調査報告をしに行くつもりだ。トーヤはどうする？　ついてくるか？」

トーヤは我に返ると、真剣な表情を浮かべる。

「ここまで連れてきていただけただけで十分です。これ以上お世話になるわけにはまいりません。ここには魔獣も現れないでしょうし」

「私たちは一緒に来てもらっても構わないよー？」

ミリカはそう言うが、ヴァッシュはトーヤに背を向けつつ気だるげな口調で口を開く。

「ガキの言う通り、ここまでくりゃ心配ねーだろ。ダイン、ミリカ、さっさと行こうぜ。俺は休みたいんだ」

ヴァッシュは一人で歩き出し、振り返らぬままトーヤに軽く手を振った。

彼に続いて、ダインとミリカも歩き出す。

「ラクセーナにいればまた会うこともあるだろう」

「その時には一緒にご飯でも食べようね！」

「かしこまりました。今日は本当に助かりました、ありがとうございました」

ペコリと頭を下げたトーヤに対し、ダインとミリカは笑顔で手を振って、その場を去った。

トーヤは三人の背中が見えなくなったのを確認してから、兵士に教えてもらった商業ギルドの方向へ歩き出す。

その最中、街並みやすれ違う人々を観察するトーヤ。

石造りの建物が通りの左右にずらりと並んでいる光景は壮観《そうかん》であり、人通りも多い。

人々が着ている服は色とりどりで、トーヤの目からはとてもオシャレに見えた。

目を輝かせながらきょろきょろしているので、トーヤは周囲から微笑ましく見守られていたが、彼はそれに気づかない。

周囲を見回しながら一〇分ほど歩き、トーヤは商業ギルドと思しき建物の前に辿り着いた。

商業ギルドは他の建物と同じく石造りなのだが、一つ一つの石がとても大きく、建物全体が頑《がん》丈《じょう》に造られているのが、素人《しろうと》であるトーヤの目にもはっきりと分かる。

さらには二階建てで、周りと比べると二倍以上の面積を誇《ほこ》っている。

「……とりあえず、中に入ってみますか」

分からないことは職員に聞けばいいだろうと考え、トーヤは商業ギルドへ足を踏み入れた。

入り口の扉を開けた瞬間、耳にいくつもの大きな声が届く。

「──違う！　そうじゃない！」

「──なあ、もっと高く買い取ってくれよ！」

「──ダメです！　ほらここ、傷があるじゃないですか！」

トーヤはそれを聞いて、少しだけワクワクしていた。

「ものすごく活気がありますね。仕事の斡旋《あっせん》は……あぁ、あちらですか」

トーヤは天井からぶら下がっている看板を確認しながら、建物内を進む。

(そういえば、こちらの文字が問題なく読めるのも、もしかするとスキルのおかげでしょうか？)

そんなことを考えながら、トーヤは窓口へ。

「あら？　君、どうしたの？」

受付嬢《うけつけじょう》が声を掛けてくれたので、これ幸《さいわ》いとトーヤは仕事を探していることを伝えた。

受付嬢は悩ましそうに首を捻《ひね》る。

「……仕事を？　君が働くってこと？」

「はい。やはり子供が仕事を探しているというのは、おかしいのでしょうか」

「うーん、幼くても働いている子はいるけど……子供が仕事を見つけるのは、なかなか難しいわよ？」

トーヤは顎に手を当てた。

そんなトーヤを見て、受付嬢は少し考えると、口を開く。

「ちなみに、どんな仕事を探しているの？　仕事によっては紹介できるかも知れないわよ？」

「本当ですか？　実は上鑑定眼を持っていまして、それを活かした仕事ができればと」

すると受付嬢は、パッと顔色を明るくして口を開く。

「そうなんだ！　ねえ、もし君が良ければ、うちの採用試験を受けてみない？」

「うちとは……商業ギルドのことでしょうか？」

「うん。実は商業ギルドで長年、専属鑑定士として働いていた人が定年退職しちゃってね。その席が空いているのよ。上鑑定眼ならこの辺りの大抵の素材は鑑定できると思うし、君が良ければギルマスに掛け合ってみるわよ？」

「ギルマス、ですか？」

ファンタジーに疎《うと》いトーヤは、受付嬢が口にした『ギルマス』という単語の意味が分からずに問い返してしまう。

「ギルドマスターよ。商業ギルドのトップ、聞いたことあるでしょ？」

「ああ、そういうことでしたか」

受付嬢としてもまさかスフィアイズでは常識である、ギルマスという略語を知らない相手がいるとは思わず、内心やや困惑していた。

そんなこととはつゆ知らず、トーヤは続けて言う。

「試験が受けられるのは私としては非常にありがたいのですが、そちら側はよろしいのでしょうか？」

大きな組織の一人として働けるのであれば、安定した収入を得られる。トーヤとしては願ってもないことだ。

だが、突然現れた子供をいきなり雇っても大丈夫なのかと心配にもなってしまう。

すると、トーヤの意図を察した受付嬢は小さく笑う。

「仕事ができれば子供でも問題ないわ。それにあくまで試験を受けさせるだけだもの。実力や人となりが伴《ともな》っていなければ採用されない。どう？　ダメ元で受けてみない？」

受付嬢の答えに納得したトーヤは、大きく頷く。

「なるほど……そういうことであれば、面接を受けさせていただけますでしょうか？」

「そうこなくっちゃね！　私はリリアーナよ。よろしくね」

「名乗るのが遅くなり失礼いたしました。私はトーヤと申します」

「トーヤ君ね。それじゃあ、ここで少しだけ待っていてちょうだい！」

受付嬢――リリアーナはそう口にすると受付の外に出て二階へ上がり、しばらくしてから戻ってきた。

「お待たせ！　トーヤ君、ちょうど今、ギルマスの手が空いているから、これから面接してもらえるって」

「これからですか……中々に唐突《とうとつ》ですね」

「もしこのあと用事があるなら、日を改めてもいいけど、どうする？」

リリアーナの問いにトーヤは少し考え、答える。

「このまま面接を受けさせていただきます」

自身の服装が正しいのか分からない上に、スフィアイズでの面接の作法だって知らないが、トーヤには今後の予定もなければ、お金も持っていない。それなら少しでも早く仕事を見つけるべきだと判断したのである。

リリアーナは満足げに頷き、トーヤに手招きする。

「それじゃあ、一緒に来てくれるかな？」

「かしこまりました」

トーヤはリリアーナについて商業ギルドのフロアを歩き、階段を上っていく。

二階に着いたタイミングで、彼女が笑いながら語り掛けてくる。

「うふふ。トーヤ君って、礼儀正しいのね」

「そうでしょうか？　これが普通だと思うのですが」

「うちのお客様は大声で怒鳴ったり、威圧《いあつ》したり……自分の利益を最優先に考える人が多いのよ」

「まあ、相手も商売ですからね。そういう人が一定数いるのは頷ける話です」

リリアーナは何度も瞬きをしながら彼を見つめていた。

「……どうしたのですか、リリアーナ様？」

「え？　あ、ううん、随分《ずいぶん》大人っぽいなって思って。それと、様づけなんてしなくていいわよ」

「そうですか？　では……リリアーナさんで」

トーヤがそう口にすると、リリアーナはニコリと笑った。

そして、二階の通路一番奥の扉の前まで行くと、ノックして扉を開ける。

「どうぞ、トーヤ君」

「失礼いたします」

開かれた扉の前で一礼をしてからトーヤは中へ入る。

部屋の奥には執務《しつむ》机と椅子《いす》が置かれており、その椅子には老齢の女性が腰掛《こしか》けていた。

彼女は年こそ重ねているものの、顔立ちはとても整っており、美しい。

「おやおや、礼儀正しい男の子だこと」

「トーヤと申します。以後、お見知りおきを」

「わたくしは商業ギルドのギルドマスターを務めている、ジェンナよ。よろしくね、トーヤ」

「それではギルマス、私は仕事に戻りますね」

「ええ。ありがとう、リリアーナ」

案内を終えたリリアーナが仕事に戻ると、トーヤはジェンナの勧《すす》めで部屋の中央に置かれていたソファに腰掛ける。

トーヤは緊張から身を硬くする。

そんなトーヤを見て、ジェンナは小さく笑う。

「緊張しなくていいのよ」

「いえ、実力がないと判断されれば採用されないと聞いておりますので、適度な緊張は必要かと」

「あらまあ、幼いのに思慮《しりょ》深い男の子なのね」

ジェンナはそう口にしつつも、視線を鋭《するど》くする。

トーヤはゴクリと唾《つば》を呑《の》む。

それを横目にジェンナは立ち上がり、執務机の中から三つの鑑定品を取り出して、トーヤの前に並べる。

「……それではまず、これらを鑑定していただこうかしら」

「かしこまりました」

彼女が取り出したものは、どこにでもありそうな葉っぱと、紺色《こんいろ》の石と、古めかしい壺《つぼ》の三つである。

「さあ、どうぞ」

「では、右から順番に鑑定をしていこうと思います」

断りを入れてからトーヤは鑑定を行う。そしてその結果に目を通していく。

ファンタジー知識のないトーヤにとって所々意味の分からない単語もあったが、ひとまず鑑定結果をそのまま読み上げることにした。

「右側の葉っぱはウォークウッドの若葉。状態は良好で……中級ポーション？　の素材になるものです」

「正解よ」

「中央の石はアクアクレイマンの魔石。サイズが小さいので状態は普通よりやや下、水や土の魔法？　に適性があります」

「こちらも正解よ」

「最後に左側の壺ですが……おや？」

左の鑑定品を見ても、鑑定結果のウインドウが出てこない。

ジェンナは少しだけ意地悪《いじわる》な笑みを浮かべていたが、そのことにトーヤは気づいていなかった。

「……どうやら、私の上鑑定眼では右側と中央の鑑定品までしか鑑定できないようで……ん？」

トーヤが事実を口にしようとしたタイミングで、不思議なことが起きる。

それはジェンナからしても完全に予想外の出来事であった。

「どうしたのかしら、トーヤ？」

「えっと、その……」

「うふふ。鑑定できなかったのかしら？」

「そうだったのですが……」

「……ですが？」

最初こそ悪戯が成功した時のような笑みを浮かべていたジェンナも、トーヤの返事を聞いて首を傾げる。

そんな彼女にとって信じられないことを、トーヤは口にする。

「今は何故か鑑定できるようになっているんです。左側の壺は旧王国時代に作られた、歴史ある壺のようですね。それも王族に献上《けんじょう》されるほどの一級品」

「…………え？」

最後の壺は本来、上鑑定眼では鑑定ができない、貴重な骨董品《こっとうひん》だ。

しかし、トーヤが口にした内容には間違いがなかった。

ジェンナは何が起きたのか理解ができず、驚愕《きょうがく》する。

「……ど、どうして？　トーヤ、あなたのスキルは上鑑定眼ではないのかしら？」

「そのはずなんですが……そもそも、元は鑑定眼だったはずなんですよね」

その言葉を聞いたジェンナは、目を見開きながら言う。

「……まさか、スキルが進化したってこと!?」

「どうなんでしょうか？　ちょっと確認してみますので、お待ちいただけますか？」

「……え、ええ」

トーヤは自らを改めて鑑定して、スキルに変化が起きていることを知った。

（うーん、やはりと言いますか、なんと言いますか、またスキルが進化したようですね……）

トーヤはふと、ジェンナがずーっとこちらを見ていることに気がつき、口を開く。

「どうやら私の上鑑定眼ですが、『古代眼《こだいがん》』というものに変わってしまったようですね」

「…………………ええええええええぇぇぇぇぇぇぇっ!?」

大きな驚きの声を発したジェンナに、トーヤは思わず声を掛ける。

「ど、どうされたのですか、ギルドマスター様?」

「……に、二五〇年もの時を生きてきましたけど、スキルの進化を目《ま》の当たりにするとは……長生きはしてみるものね」

「……え?　二五〇年、ですか?」

ジェンナとはまた別のところで驚いてしまったトーヤに、彼女は苦笑を浮かべながら言う。

「もう、そんなに驚くことでもないでしょう。わたくしはエルフなのよ?」

「……エルフとは?」

トーヤの反応を見て、ジェンナは戸惑ったような表情を浮かべる。

「……まさか、気づいていなかったのかしら?」

「私はどうにもファンタジー……ではないですね。スフィアイズの常識に疎いものですから」

「……なるほど、そういうことね」

トーヤの言葉を聞いて、ジェンナはある可能性に思い至る。

それは、二五〇年の年月を生きてきた彼女の体験談からくる予測であった。

ジェンナは神妙《しんみょう》な面持ちで、トーヤに問い掛ける。

「もしかして、トーヤはスフィアイズとは別の世界から来たのかしら?」

「あ、はい。その通りです」

あっさりと答えたトーヤを見て、ジェンナの表情はポカンとしたものに変わった。

「……あの、トーヤ？　あまりにも簡単に答え過ぎでは？」

「えっと、答えない方がよかったのですか？　聞かれたものですから、つい答えてしまいました」

トーヤは何か失敗してしまったのかと思い、少し不安になった。

その様子を見たジェンナは脱力しながら、改めてトーヤを見つめる。

「……トーヤは、私が出会ったことのある異世界人とは性格が随分違うのね。まぁ、進化こそしなかったけれど、その人も変わったスキルを持っていたし、異世界人が特別な力を持っているのは間違いなさそうだけど……」

「おぉ、私以外にもこちらに来られた方がいらっしゃるのですね」

「正確には、いた、ね」

「むむ、それはつまり？」

魔獣や別の何者かに殺されてしまったのではないかとトーヤは予想したが、それは間違いだった。

「寿命《じゅみょう》で亡くなったのよ。そもそも異世界の者が現れることは非常に稀《まれ》なの。人間の寿命では人生で一度出会えるかも怪《あや》しいくらいにね」

「……あ、なるほど。そういうことでしたか」

「だからこそ、異世界人の存在を知っている者はとても少ないわ。もしトーヤが異世界人だとバレたら、大きな騒ぎになるかも知れない。これからはあっさり身元について答えちゃダメよ」

「肝《きも》に銘《めい》じておきます」

トーヤがそう答えると、彼女は満足げに頷く。

「さて、それでは本題に戻るといたしましょうか」

「あぁ、採用面接の途中でしたね、失礼いたしました」

ジェンナは少しため息を吐いて、姿勢を正した。

「まず採用試験は、合格よ。これからよろしくね、トーヤ」

「おお！　ありがとうございます、ギルドマスター様！」

「これから一緒に働くわけですし、わたくしのことはジェンナやギルマスでいいわよ」

「では……ジェンナ様で」

いまだにスフィアイズの用語には慣れていないため、トーヤは『ギルマス』ではなく『ジェンナ様』と呼ぶことにした。

ジェンナは続ける。

「えぇ。それでは、もう一つの本題ね」

「うーん……他に何かありましたでしょうか？」

「あなたのスキルが進化した件よ、トーヤ」

「……もしや、スキルの進化も珍《めずら》しいことなのでしょうか？」

トーヤの問いに、ジェンナは大きく頷いた。

「言い伝えでは、神に愛された者のスキルは進化すると言われているの。でも、実際にそんなことが起きたなんて話は聞いたことがないわ。少なくとも、わたくしは初めて見ました」

「二五〇〇年間で初めてですか……それは確かに珍しいですね」

トーヤが感心した表情を浮かべていると、ジェンナはジト目を向ける。

「……他人事《ひとごと》のように片づけられることではないのよ？」

そう言われても、トーヤとしてはスフィアイズの常識が分からないので、いまいち驚くことができない。

そんなトーヤの様子を見たジェンナは呆れたようにため息を吐く。

「はぁ……まぁいいわ……それよりここに来るまでに、自分が異世界から来たってこと、誰かに話したかしら？」

ジェンナの問いに、トーヤは転生してから今までのことを思い起こす。

とはいえ、トーヤが会話したのはラクセーナまで連れてきてくれたダインたちと、門の前の兵士くらいのものだ。

ダインたちにはアイテムボックスのことは話してしまったが、異世界から来たことは口にしておらず、兵士にはそれすら話していない。

トーヤはジェンナの問いに対して、首を横に振る。

「ここまで連れてきてくださったダインさんたちにも話しておりません」

「ダイン……あぁ、冒険者の子ね。ということは、トーヤは北の山からこっちに来たのかしら？」

「はい。気づいたら山の頂上にある洞窟の中にいまして、下っているときにダインさんたちと出会い、そのままラクセーナまで」

「それは災難《さいなん》だったわね。無事にラクセーナに辿り着けたのだからよかったわ」

「いやはや、その通りですね」

頷き合う二人、少ししてジェンナがポンと手を叩いた。

「ダインとも関わりがあって、古代眼を持っているなら、トーヤのことを冒険者ギルドのギルマスにも紹介しておいた方がいいかも知れないわね。一緒に仕事をすることもあるかも知れないし」

「冒険者ギルド、ですか？　私は、商業ギルドで働くのですよね？」

トーヤの疑問に、ジェンナはすぐに答える。

「古代眼でできることは多岐《たき》にわたるわ。アイテムを上鑑定眼以上に細かく鑑定するのはもちろん、魔獣の弱点や痕跡《こんせき》を見つけることもできるの」

「……それはすごいことなのですよね？」

「当然よ！　だから古代眼の持ち主は、冒険者から魔獣の鑑定を依頼され、彼らに同行することもあるの。現地で魔獣の素材が鑑定できれば、不要な荷物を減らすことだってできるしね」

ファンタジーに疎すぎるトーヤは、ジェンナの説明を聞いても、古代眼のすごさがあまりピンときていない。

とはいえ、相手はこれから働く組織のトップであり、自分は新入社員である。

長いものには巻かれろの精神で、トーヤはジェンナの言葉に頷く。

こうして、トーヤはジェンナと共に冒険者ギルドに向かうことになった。

冒険者ギルドへの道すがら、ジェンナはトーヤに街についてざっくりと説明した。

ラクセーナは東西南北、そして中央の五つの区画に分かれている。

その区画の中で商業ギルドが西地区にあるのに対して、冒険者ギルドは真逆の東地区にある。

大きなギルドが同じ地区にあると人が混み合ってしまうという観点から、このような配置にされた。

商業ギルドと冒険者ギルド、その両方を利用する者は多いのだが、それでも別地区に建てられたのは、一つの地区に人が集中し過ぎないようにするためである。

トーヤはそんな説明を興味深げに聞いていた。やがて——

「着いたわ」

トーヤとジェンナは冒険者ギルドの前に辿り着いた。

目の前の建物と、その周囲にいる人々をトーヤは観察する。

冒険者ギルドも商業ギルドと同じ石造りであることは変わらないのだが、出入りする人々は当然ながら全く違う。

武器を持っている者が多く、比較的ガタイの良い人が多い。

中には小柄な人もいるのだが、その人たちも皆引き締まった体をしていた。

トーヤは自分がこの場にいることにやや場違い感を覚えつつ、ジェンナに尋ねる。

「ところで、冒険者ギルドのギルドマスター様を紹介いただけるということでしたが、どのようなお方なのでしょうか？」

「そうねぇ。簡単に言ってしまえば、粗暴《そぼう》で下品、だけど信頼できる相手よ」

「……なかなかに前半と後半の評価が対照的ですね」

ジェンナの説明だけではなかなか人物像を想像できず、頬を掻きつつ、自分なりに推測する。

（とはいえ、大きな組織のトップに立つ人物。自分なりの信念を持っている人なのでしょう）

「それじゃあ、入るわね」

「は、はい」

ジェンナは慣れた様子で扉を開いた。

トーヤは彼女の後ろに続く形で、建物内へと足を踏み入れる。

するとその瞬間、いくつもの声が耳に響いた。

「——この依頼、頼むぜ！」

「——前衛探してまーす！」

「——てめぇ、ぶつかっておいてなんだぁ？」

「——あぁん？　てめぇこそなんだ！」

商業ギルドにいた人々の声も大きかったが、ここでは怒声にも似た声も響く。

あまりの迫力に圧倒《あっとう》されていたトーヤだったが、そんな中でもジェンナはスタスタと歩いて行ってしまうので、慌《あわ》ててあとをついて行くしかない。

そしてジェンナとトーヤは受付の前まで来た。

冒険者ギルドの受付に立つ一人の青年がジェンナに声を掛ける。

「久しぶりですね、ジェンナ様！」

「ええ、久しぶり。ギグリオはいるかしら？」

「はい、ギルマスですね！　確認してきますのでちょっと待っていてくださ——あいたっ⁉」

快活な笑みを浮かべた青年の頭にゲンコツが落ちた。

ゴンッ！　と鈍《にぶ》い音が響き、トーヤは思わず顔を顰《しか》める。

しかしジェンナは表情を変えずにその見慣れた光景を眺めていた。

受付の青年は、頭を押さえながら振り返る。

「っ～～～！　い、痛いじゃないっすか、ギルマス！」

「バカ野郎！　ジェンナに対してはもっと丁寧《ていねい》な態度を取れっていつも言ってるだろうが！」

青年の後ろには、大柄で丸刈《まるが》りの男性が立っていた。

ギルマスと呼ばれていることから、トーヤは彼こそが今回会いに来た人物なのだと判断する。

「うふふ。これくらいでわたくしは怒らないわよ？」

ジェンナの言葉を受けて、青年は不満そうに丸刈りの男性を見る。

「ほら～、ジェンナ様はこう言っていますよー！」

「ほら～、じゃねぇんだよ！　こっちは俺が対応するから、お前は仕事に戻れ！」

「はーい……」

青年が席を離れると、大柄な男性は丁寧な態度でジェンナに小さく頭を下げた。

「申し訳ありません、ジェンナ。若い奴らはどうにも距離感が近すぎます」

「うふふ。構わないわよ。それに、あなたも最初はそうだったでしょう？」

「いや、まあ、そうですが……って、何か用事があったんでしょう？　立ち話もなんだ、俺の部屋に来てください」

「ありがとう、ギグリオ。さあ、行きましょう、トーヤ」

「は、はい」

ギグリオの視線が、緊張で硬くなるトーヤへ向く。

上から下へ視線を動かしてから、ギグリオは不思議そうに口を開く。

「……ジェンナ、ただの子供を連れてくるなんて、どういうつもりなんです？」

「それは部屋で説明するわ。トーヤも構わないかしら？」

「ジェンナ様が信頼されている方であれば、私としても拒否する理由はありません」

「ありがとう」

ギグリオの案内で、三人は二階に上がる。

商業ギルドと冒険者ギルドの造りはほとんど同じ。二階の一番奥にあるギルマスの部屋に三人は入る。

トーヤは部屋の内装を見回す。

置かれている家具の位置は、ジェンナの部屋とほとんど変わらない。

ジェンナは部屋の中央に置かれたソファに腰掛けると、トーヤに隣に座るよう勧める。

トーヤは会釈してからジェンナの隣に腰掛けた。

ギグリオがお茶を三人分持ってきて、トーヤたちの向かい側に座るのを待って、ジェンナが口を開く。

「単刀直入に伝えるわね。彼、トーヤは異世界から来た人間よ」

「……………はい？」

部屋に到着して開口一番で驚愕の事実を伝えられ、ギグリオは口を開けたまま固まってしまう。

「……………マジなのか？」

「いやはや、まさしくその通りでして」

「……………ちょっと待ってくれ、あまりにいきなり過ぎてどうしたらいいのか分からん」

再度固まるギグリオ。その反応から、彼も異世界の人間の存在を知っているのだとトーヤは理解した。

少しして、ギグリオはどうにか口を開く。

「……どうしてそのことを俺に伝えたんですか？」

「顔見せってところね。ダインたちと知り合っているから、そのうちギグリオにもトーヤの情報がいくと思って。不審《ふしん》に思われる前に紹介しておこうって話。彼、北の山から来たみたいなの」

「なんだと？　それは本当か、坊主《ぼうず》！　あそこには危険な魔獣がいるという話だったろ！」

慌てたように身を乗り出すギグリオ。

しかし、トーヤは落ち着いた様子で答える。

「あ、はい。ですが、私は何も目撃していないのです。ダインさんたちに助けてもらってからもしばらく一緒に捜索《そうさく》していましたが、やはり魔獣は見つかりませんでした」

トーヤがダインの名前を出すと、ギグリオはソファに座り直した。

「なんだ、ダインたちと一緒に行動していたのか。それなら安心だ」

「はい。ロックリザードに襲われそうになったところを、助けていただきました」

ギグリオは、ふと気になったことをトーヤに尋ねる。

「坊主は戦えないんだな？」

「争いごとは、からっきしですね」

「じゃあなんで魔獣が彷徨《うろつ》いている山に入ったんだ？」

「さあ？　なんででしょうか？」

山に転生させた女神の意図が分からないので、トーヤは正直に答えた。

「……いや、俺が聞いているんだが……」

ギグリオのツッコミを聞いて、ジェンナは小さく笑い、口を開く。

「まあ、それよりトーヤが異世界から来たって話は口外《こうがい》しないよう、よろしくお願いね」

ジェンナが微笑みながらそう言うと、ギグリオは頷く。

「当然です。おい、坊主。そのことをダインたちは知っているのか？」

「いいえ、伝えておりません」

ギグリオは腕を組みながら答える。

「その方がいい。坊主の秘密を知っている人間は少ない方がいいだろうからな」

ギグリオがそう口にしたタイミングで、部屋の扉がノックされた。

「――ギルマス。ダインさんたちが報告したいことがあるようでして、面会を希望しています」

ギグリオが視線を向けた先で、ジェンナは一つ頷いた。

それを見て、ギグリオは答える。

「ちょうどいいな。こっちに通してくれ」

「――分かりました」

しばらくして、複数の足音が近づいてくる。

そして、ノックすらなく突然扉が開かれた。

「ギルマスー！　戻ったよー！」

そんな声と共に姿を見せたのは、ミリカだった。

「あー！　トーヤ、さっきぶりだねー！」

「先ほどぶりですね、ミリカさん。ダインさんとヴァッシュさんも」

元気良く入ってきたミリカの後ろから、困り顔のダインと、面倒くさそうな顔のヴァッシュが姿を見せる。

「思いのほか早い再会になったな、トーヤ。それとミリカ、扉を開ける時はノックをしろ」

「んだよ、ガキもいんのかよ」

「ジェンナ様にギルドマスター様を紹介してもらうために、足を運ばせていただきました」

トーヤはそれから、自分が商業ギルドで働くことになった経緯をミリカたちに伝えた。

するとミリカは、不思議そうに首を傾げる。

「トーヤが働くことになったのは分かったけど、どうしてトーヤをギルマスに紹介したんですか、ジェンナ様？」

「彼のスキルは上鑑定眼でしょう？　冒険者ギルドからの依頼に同行させることはまずないはずでは？」

ダインの言葉を聞き、ジェンナはどう説明するか僅《わず》かに思考する。

しかし彼女が答えを出すより先に――

「いやはや、どうやら私のスキル、古代眼になってしまったようなのです。スキルが進化したようでして」

トーヤが何でもないことのようにそう言った。

一瞬の沈黙のあと、ダイン、ミリカ、ヴァッシュ、そしてギグリオは思い切り叫ぶ。

「「「「…………ええええええええええええっ⁉」」」」

スキルの進化が珍しいことだとは分かっていたが、ダインたちを信用しているトーヤはつい本当のことを話してしまった。

「トーヤ、あなたねぇ……」

呆れながらそう口にしたジェンナを見て、言うべきではなかった可能性に思い至るトーヤだったが、時すでに遅し。ギグリオ、ダイン、ヴァッシュ、ミリカの四人は驚きの表情でトーヤを見つめている。

「……そ、それは本当なのか、坊主？」

「……トーヤ、お前はいったい何者なんだ？」

「……ガキ、てめぇは口を滑らせるのも大概《たいがい》にしろよ！」

「……すごいじゃん、トーヤ！」

ジェンナも隣で悩まし気に額に手をやっている。

それを見てトーヤは反省する。

「申し訳ございません、ジェンナ様。つい話してしまいました」

「いえ、いいのよ。そのことについて口止めしていなかったわたくしが悪いわ」

ギグリオが驚いた顔のまま尋ねる。

「ジェンナは知っていたんですか？」

「えぇ。というか、進化する瞬間をこの目で見てしまったのよ。その時はわたくしもみんなと同じように驚きの声を上げてしまったわ」

そう口にしてからジェンナはお茶をすする。

それから彼女がカップから口を離したのを見て、ギグリオは口を開く。

「すぐに新しいのを淹《い》れてきます」

「ありがとう、ギグリオ」

そうしてギグリオが席を立つと、ミリカがトーヤに声を掛ける。

「ねえ、トーヤ！　古代眼を持ってるって本当なの！」

「どうやらそうみたいですね」

そんなトーヤの返答を聞いて、ダインが言う。

「トーヤには本当に驚かされるな」

「これ以上変なことで口を滑らせるなよ、ガキ！」

「これ以上……肝に銘じておきます」

ヴァッシュの言葉を聞いてトーヤは少しだけ思案したが、それがアイテムボックスのことだろうと理解すると、小さく頷いた。

ほどなくしてギグリオが戻ってくると、彼はジェンナに確認を取る。

「それにしても、スキルを実際に進化させた奴なんて初めて見たぜ。ジェンナはどうですか？」

「わたくしも初めて見たわ」

真剣な表情を浮かべる二人とは対照的に、トーヤはどこかののほんとした調子で言う。

「いやはや、そんなに驚くことなのですね」

ギグリオは頭をガシガシと掻きつつ苦笑する。

「他人事じゃねぇんだぞ、坊主？」

「おっと、そうでした」

ため息を一つ吐いて、ギグリオは話題を変えることにしたようだった。

「ところで、ダインたちは北の山の調査についての報告があるんだろう？　何か分かったか？」

ダインも背筋を伸ばして、調査報告を行うことにした。

「北の山ではあまり見かけないものを回収してきた。それを鑑定できる人を……そうだ！」

ダインはそこで言葉を切って、トーヤを見た。

「……どうかしましたか、ダインさん？」

「……ヴァッシュ、あれを出してくれるか？　あの時は上鑑定眼と聞いていたが、今は違うだろう」

「……あぁ、そういうことか。分かったよ」

面倒くさそうに呟きながら、ヴァッシュは腰に下げていた鞄《かばん》に手を突っ込むと、中から真紅《しんく》の破片を取り出した。

トーヤはそれを受け取ると、小さく首を傾げる。

「これは……なんなのでしょうか？」

「あぁん？　それをてめぇが鑑定するんだろうが！」

「あっ！　そうでしたね、失礼いたしました」

「……ちっ！　んだよ、こいつ。調子狂うなぁ」

ヴァッシュは頭をガシガシと掻きながら、ソファにドカッと腰掛けた。

「おい、ヴァッシュ。ギルマスの部屋だぞ？」

ダインが注意するが、ヴァッシュは脱力した様子で言う。

「いいじゃねえかよ。こっちは一日で山を登って、下りてきたんだぞ？　疲れてんだよ」

「構わん。急ぎの依頼をこなしてもらったんだからな」

「だそうだ。そっちのことはダインに任せるぜー」

ギグリオの返事を聞いて、ヴァッシュはすぐさま横になってしまった。

「もー、ヴァッシュったらー！　失礼だよねー！」

顔を膨らませるミリカを見て、ダインは小さくため息を吐く。

「ノックもしないでギルマスの部屋に入るお前が言えた義理ではないがな……」

「そうかなー？」

「……はぁ。とにかく、トーヤよ。すまないが、それを鑑定してみてもらえないだろうか？」

トーヤはそんなダインの言葉に頷き、鑑定を始める。

「分かりました。どれどれ？　……ほうほう……うーん？　これは……」

「……どうだ、トーヤよ？」

鑑定結果を確認しながら唸《うな》っているトーヤに、ダインが声を掛けた。

「あぁ、失礼いたしました。鑑定自体は成功しました」

「おぉっ！　それはありがたい！　質感からかなり上位の素材だとは分かったんだが、北の山ではろくな手掛かりがなくてな。誰に鑑定を頼もうか悩んでいたところだったんだ」

「お力になれてよかったです。では、こちらの赤いものなのですが――フレイムドラゴンの幼竜《ようりゅう》、その鱗の欠片《かけら》のようですね」

トーヤはダインたちの力になれたと思い、笑みを浮かべる。

だが、魔獣の名前を聞いた途端、トーヤ以外の全員が目を見開いた。

そんな中、最初に口を開いたのはギグリオだった。

「……フ、フレイムドラゴンの、鱗だと？」

「そうですね。厳密《げんみつ》には幼竜の鱗の欠片ですが」

「……すまない、ジェンナ。席を外すぞ」

「え、ええ、もちろんよ、ギグリオ。急ぎの対応が必要になるでしょうしね」

ギグリオは、慌てて部屋を飛び出していく。

それに続いてダインとミリカ、そしていつの間にか起き上がっていたヴァッシュまでもが部屋を出ていった。

トーヤは手元の破片を見ながら困惑気味にジェンナに聞く。

「……えっと、何があったのでしょうか？　これは何か貴重なものなのでしょうか？」

「貴重なものではあるけれど、そこは重要じゃないわ。鱗が落ちていたということは、近くにドラゴンがいる可能性がある。ドラゴンは非常に危険なのよ」

トーヤはギグリオたちが何故あのような反応を見せたのか、遅ればせながら知った。

「だからギルドマスター様は慌てて出ていったのですね。何か対策を講《こう》じるのでしょうか？」

「冒険者にギルドから緊急依頼を発令《はつれい》し、フレイムドラゴンを捜索してから討伐《とうばつ》する流れになるはずよ」

「なるほど……幼竜であっても、危険な魔獣に変わりはない、ということですか」

平然とした顔でそう口にしたトーヤを見て、ジェンナは少し気が抜ける。

「……トーヤは怖くないの？」

「うーん、私はドラゴンの脅威《きょうい》を知りませんからねぇ。そもそもドラゴンは私たちの世界では架空《かくう》の生物でしたし。あぁ、ですがそういった知識がさしてない私でも、とても巨大な存在だということは知っていますよ」

トーヤはそこで言葉を切り、聞く。

「……ところで、ジェンナ様。これから私は何をしたらいいのでしょうか？」

「まさかの事態になってしまったし、今日のところは解散としましょうか」

「かしこまりました。それと質問なのですが、商業ギルドでの仕事は先ほどしたような鑑定がメインになるのでしょうか？」

「その通りよ。他に何か聞きたいことはあるかしら？　特に、お給料のこととか」

お金に関しては誰もが気になることだろうと考えての質問だったが、トーヤは首を横に振る。

「いえいえ、今は仕事を覚えることが先決だと思っておりますので。最低限生きていける程度のお給料をいただければ、それで構いません」

これはトーヤの本心だ。

彼としては、少しでも早くスフィアイズの世界に慣れ、馴染《なじ》むことが先決、故に金銭に対する優先度は低い。

ジェンナは小さく笑う。

「そういうことなら、明日からビシバシと仕事を教えていきましょうか」

「ぜひともよろしくお願いいたします」

「うふふ、明日が楽しみだわ」

ジェンナの笑みを見て、トーヤは躊躇《ためら》いながらも、気になっていたことを尋ねる。

「……あの、定時には帰れますでしょうか？」

「安心してちょうだい。商業ギルドは残業ゼロを目標に掲《かか》げ、過酷《かこく》労働を良しとしていないからね」

（日本にいた頃のように、ブラック労働はせずに済みそうですね）

ホッと胸を撫で下ろすトーヤだった。


ジェンナと一緒に冒険者ギルドを出たトーヤは、彼女にオススメの宿を教えてもらった。そして小さな布袋を手渡される。

「……あの、ジェンナ様、これは？」

「その中に一〇〇〇〇ゼンス入っているわ。お給料を前もって渡してあげる。だってこっちのお金、持っていないでしょう？　あと、明日やってもらうことを簡単に纏《まと》めた紙も入っているから、それも確認してね」

トーヤはラクセーナに入る時ですらダインにお金を出してもらっていたことを思い出し、申し訳なく思いながらもありがたく受け取ることにした。

「……このご恩は、仕事でお返しできるよう頑張りたいと思います」

「そうしてくれるとわたくしとしても嬉しいわ。わたくしはこの後ギグリオと話をしていくから。ここでお別れね。それじゃあ、また明日」

「何から何まで、本当にありがとうございました」

何度もお礼を口にしながら、トーヤはジェンナと別れ、宿へ向かった。


ジェンナに教えてもらった宿は商業ギルドから徒歩五分の場所に位置している。トーヤが辿り着くころにはすでに辺りは暗くなっていた。

受付にいた女将《おかみ》にジェンナに紹介されたことを伝えると、彼女は上機嫌で「商業ギルドのギルマスの紹介だって？　嬉しいねぇ、サービスしちゃうわよ！」と言って部屋を用意してくれる。

トーヤは荷物を部屋に置き、食堂で夕飯をいただくと、水桶《みずおけ》を部屋に運んでもらい、体を拭いてから一息ついた。

「ふぅ。……いやはや、今日はとてもハードな一日でした」

椅子に腰掛けてそう呟くと、すぐ目の前にある窓に、自然と視線が向く。

「……本当に、別の世界なのですね」

今日一日を振り返ると、トーヤとしてはあり得ないことばかりの連続だった。

そもそも、異世界に転生するなんてこと自体が信じられず、日本にいた誰に話をしても信じてはもらえないだろう。

「まあ、もう説明することもできないんですけどね」

自嘲《じちょう》気味にそう言いつつ、ラクセーナの街並みを眺《なが》める。

夜遅い時間にもかかわらず街は活気づいており、人通りが多いのが見て取れる。

今日一日過ごしてみて、自身の無知は他人に迷惑を掛ける機会が多かったと、トーヤは省《かえり》みて思わず呟く。

「明日からは仕事が始まりますし、気を引き締めて挑まなければなりませんね」

鑑定士という仕事が具体的にどのようなことをするものなのか、そしてどのくらい忙しいのか。

一人では答えの出せない疑問が、頭をよぎっては消えていく。

「まあ、鑑定士はスキルの必要な専門職のようですし……手に職が付いてよかったです。スキルも古代眼になりましたし、食いっぱぐれることはないでしょう」

トーヤはそう呟くと、自身を改めて鑑定した。

そして現れた古代眼の説明を読みながら、ほうほうと何度も頷く。

「鑑定できる範囲が広がり、鑑定物の情報をより詳細に見ることができる……と。転生前は便利過ぎる能力はいらないと思いましたが……これはこれでよかったのかも知れませんね」

最初こそ初級の鑑定眼を選択していたトーヤだが、スキルが進化してくれたおかげでダインたちやジェンナへ恩返しができると考えれば、それも悪くないと思った。

「とはいえ、スキルに甘え過ぎず、真面目に頑張りましょう……」

トーヤはそう呟き、視線を再度窓の外に移す。

「……そういえば、街を散策するのを忘れていました。ジェンナ様から頂いたお金にも限りがありますし、まずは日用品の相場を確かめてから、いろいろと買わなければなりませんね」

何が必要で何が不要か、日本とスフィアイズの常識と非常識の違い、今のトーヤには知らないことがあまりにも多すぎる。

「一に勉強、二に勉強、三、四も勉強、五も勉強、ですかね」

トーヤは、次に山での出来事について振り返る。

転生先は山の頂上付近にある洞窟の中で、さらに山には魔獣がいた。

冷静に考えてみると、自衛手段を持たない子供を転生させるのに適した場所ではないように思える。

「……背後からロックリザードが現れた時は、二度目の死を覚悟してしまいました」

女神がどのように考えていたのかは分からないが、もしもダインたちに見つけてもらえなければ、トーヤは間違いなく転生初日でまたしても死んでいただろう。

ダインたちに出会えたことは僥倖《ぎょうこう》であり、この出会いは大切にした方がいい――そうトーヤは考える。

「……ダインさんたちに返せるものがあれば、しっかりと返していきましょう。受けた恩を返さないのは不義理ですからね」

命を救ってもらった恩をそう簡単に返せるなどと、トーヤは思っていない。スフィアイズについてまだまだ知らないことの方が多い彼からすれば、何を以《もっ》て恩を返したことになるのか判断できるかも怪しいところである。

それにトーヤの体は一〇歳の少年になっている。

それでも恩を返さなければならないと思うのは、祖父母の教えによって培われた、トーヤの性格故だ。

今後の目標に『恩返し』を加えたトーヤは、椅子に深く座り直して視線を空へと向ける。

「……あぁ、スフィアイズにも、月はあるのですねぇ」

丸い月だけは日本にいた頃とそっくりで、不思議と眺めているだけで気持ちが落ち着き、頭の中もすっきりしていく。

しばらくは月を眺めることが習慣になりそうだなと、トーヤはそんなことを考える。

「日本ではこのように、ゆっくりできる時間はほとんどなかったですから、感慨《かんがい》深いです……」

トーヤは女神に伝えた通り、自分はスフィアイズで生きていくには力不足ではないかと思っていた。

しかし、女神は日本ですら自由を味わえなかった自分に、異世界で自由に暮らせばいいと言ってくれた。そのことが嬉しかった。

「全く知らないファンタジーな世界で自由に暮らす、ですか……ふふ、不思議ですね。考えてみると、なんだかワクワクしてきます」

魔獣と遭遇した時は死を覚悟したものの、ダインたちに助けられ、リリアーナに職場を紹介してもらい、ジェンナという理解者に出会うこともできた。

トーヤは改めてスフィアイズの街並みを見つめる。

するとこんな感覚になったのはいつぶりなのかと思うほど興奮し、胸が躍《おど》った。

「……そろそろ寝ましょうかね。明日から仕事ですし、考え始めると眠れなくなりそうです」

自分に言い聞かせるように呟くと、椅子から立ち上がり大きく伸びをしてからベッドへ横になる。

すると猛烈《もうれつ》な睡魔がトーヤを襲う。

「……ベッド……少しだけ……硬い……ですねぇ……」

こうしてトーヤは、スフィアイズでの初日を終えたのだった。

◆◇◆◇第三章：トーヤ、仕事を始める◇◆◇◆

翌朝、トーヤは朝食を終えるとすぐに商業ギルドへ足を運び、ジェンナの部屋へ。

始業時間にはまだ余裕はあるが、ジェンナにこの時間に来るよう、指示されたのである。

二人は部屋の中で、机を挟《はさ》んで向かい合う。

「それじゃあまずは、仕事について説明するわね」

「よろしくお願いします、ジェンナ様」

頭を下げるトーヤを見て、ジェンナは微笑む。

「とは言っても、やること自体は単純明快よ。持ち込まれたものを鑑定し、その価値を相手に伝えて相場通りに買い取る、ただそれだけ」

「鑑定結果をそのままお客様へお伝えすればいいということでしょうか？」

鑑定自体は山の中でも、突然ではあったが冒険者ギルドでも行っている。

鑑定結果を伝えるだけでいいのなら、新人であるトーヤにも容易《ようい》にできる。

「その通りよ。でも、中には鑑定結果に納得できなくて文句を言う者も現れると思うから、その時は先輩やわたくしを呼んでちょうだい」

「そうですか。……いえ、まずは私の方で対処し、難しければ先輩へ助力を乞《こ》おうと思います」

最初から先輩に頼るのは甘えだと、トーヤは考えたのだ。

それに日本での経験を活かせば相手を説得できるのではないかとも思っていた。

トーヤの言葉を聞いたジェンナは、少し考えてから頷く。

「分かったわ。でもトーヤは見た目で侮《あなど》られることも多いと思うの。無理だけはしないように」

「ああ、確かにそうですね」

仕事モードになっていたトーヤは、少年の姿になっていることをすっかり忘れてしまっていた。

しかし子供の姿を利用して上手く対応できる可能性も考慮し――

「……まあ、なんとかなるでしょう」

「何か策でもあるのかしら？」

「いえいえ、そんな大層《たいそう》なものはありませんよ。ただ、子供だからこそできることもあるのではないかと思いましてね」

少し意地悪な方法ではあるが、トーヤは一つアイデアを思いついている。

とはいえ揉《も》めないに越したことはないので、普段は基本に忠実《ちゅうじつ》に業務を行う予定だが。

「分かったわ。わたくしから仕事についての説明はこれくらいかしら。あとは分からないことがあったら、先輩方に聞いてちょうだいね」

「かしこまりました」

これで説明は終わりだと思い、立ち上がろうとしたトーヤだったが、ジェンナがそれを手で制す。

「……まだ何かありましたでしょうか？」

「トーヤはそのまま仕事場に立つつもりかしら？」

ジェンナは苦笑しながら、トーヤの体を指さした。

「そのままというと……あぁっ！　洋服のことですか！」

「こっちでトーヤの制服を用意したわ」

そう口にしたジェンナは、机の上に置いてあった紙袋を開き、中からトーヤの制服を取り出した。

「あちらの扉の奥が更衣室《こうい》になっているから、そこで着替えてきてちょうだい」

「ありがとうございます。では、少しばかり失礼いたします」

制服を受け取ったトーヤは更衣室へ。

服を着替え始める。

採寸したわけではないのに、制服はトーヤの体にぴったりのサイズだった。

加えてデザインはフォーマルで色も派手ではないが、暗すぎもしない、絶妙な塩梅《あんばい》だ。

制服に着替えたトーヤが出てくると、ジェンナは満足気に微笑みながら頷いた。

「とても似合っているわ、トーヤ」

「あ、ありがとうございます、ジェンナ様」

ジェンナに褒められ、トーヤは少しばかり恥ずかしくなってしまう。

すると、ジェンナは悪戯っぽく笑った。

「あら、トーヤにも可愛らしい一面があるのね」

「か、からかわないでください」

「うふふ。ごめんなさい。それじゃあ、一階に向かいましょうか。朝礼もあるし、みんなにトーヤを紹介するわ」

トーヤはジェンナに続いて歩き出し、彼女の部屋から出ると、そのまま一階へと向かった。

トーヤが一階の広場に降りると、すでに他の職員たちは利用者が使う大きなフロアに綺麗《きれい》に並んでいた。

彼らの視線が、トーヤに注《そそ》がれる。

そのうちの数人はジェンナと一緒に現れた、少年姿のトーヤを見て首を傾げている。

そんな職員たちの反応を無視して、ジェンナは声を上げる。

「おはようございます」

「「「おはようございます！」」」

職員たちはジェンナの挨拶に対し、すぐに真剣な表情で返事した。

「本日は朝礼の前に、紹介しておきたい方がいるわ。本日付で商業ギルドの専属鑑定士として働くことになった、トーヤよ」

ジェンナによってトーヤが紹介されると、職員たちが軽くざわついた。

子供であるトーヤが、まさか新たな職員とは思ってもいなかったのだ。

「指導係はフェリに任せるから、よろしくお願いね」

「え？　あ、はい！　分かりました！」

ジェンナの言葉に、ボブカットで桃色の髪をした、やや童顔の女性——フェリが応える。

トーヤは指導係をつけてもらえることを知り、ホッと一息吐く。

そんな彼の背中を、ジェンナが優しく押す。

「それじゃあトーヤ、自己紹介をお願い」

その言葉を聞いて一歩前に出たトーヤは、少し緊張しながらも、サラリーマン時代に培った経験を元に簡単な自己紹介を行う。

「お初にお目に掛かります。私はトーヤ。本日より皆様と共にこちらで働かせていただくこととなりました。私のスキル、古代眼を鑑定士として役立てられること、嬉しく思っております。若輩者《じゃくはいもの》ではございますが、ご指導ご鞭撻《べんたつ》のほど、よろしくお願いいたします」

なるべく丁寧に、角《かど》の立たないよう言葉を選びながらの自己紹介。

それを聞いた職員たちは、目を丸くしたまま固まっていた。

（……お、おや？　もしかして、失敗してしまいましたでしょうか？）

そんな風に心配になるトーヤ。

しかし後ろに立つジェンナが拍手をすると、それに続くように他の職員たちも拍手してくれた。

受け入れてもらえたらしいことに、トーヤは心底から安心した。

その後、ジェンナが改めて口を開く。

「それじゃあトーヤはフェリのところへ移動してちょうだい。フェリ、朝礼はいいから彼に自己紹介と、鑑定士の作業場所と業務の流れを説明しておいてちょうだい」

「はい！」

ジェンナに軽く会釈をしたトーヤは、フェリの元へ向かった。

彼女はニコリと笑いながら、自己紹介をしてくれる。

「初めまして、トーヤ君。私はフェリよ、よろしくね」

「トーヤと申します。よろしくお願いいたします、フェリ先輩」

「ここじゃあ朝礼の邪魔になっちゃうから、あっちに行こうか」

「かしこまりました」

フェリもジェンナに会釈をすると、そのまま二人で移動する。

向かう先は、鑑定用のカウンターが複数並ぶスペースだった。

「トーヤ君には主にここで仕事をしてもらうんだ！　私も基本はこの近くにいるよ」

「フェリ先輩も鑑定系のスキル持ちなのですか？」

「ええ。以前の専属鑑定士さんが定年退職してからは、私が臨時《りんじ》で鑑定士も兼務《けんむ》しているの。でも私が持っているのは初級スキルの鑑定眼だから、鑑定できないものも多くてね。それに鑑定眼では結果が信用できないって文句を言われやすいのもあって……」

フェリはそう言って、苦笑いを浮かべた。

「最初は以前の鑑定士さんがサポートしてくれていたんだけど、ちょっと前から体調を崩しちゃって。それからはちょっぴり大変だったかも」

フェリは冗談っぽくそう言ったが、トーヤは実際は相当大変だったのだろうと感じた。

そのため、気合いを入れ直して答える。

「そうだったのですね。では、私もなるべく早く仕事を覚えて、フェリ先輩にご迷惑を掛けないよう、努力いたします」

「ありがとう、でも、無理はしないでね。新人が先輩に迷惑を掛けるのは当然だし、新人をサポートするのも先輩の仕事なんだからさ」

そう口にしながら、フェリは快活な笑みを浮かべた。

ありがたいと思うのと同時に、トーヤは気になったことを聞く。

「しかし、臨時で鑑定士を兼務していたということは、フェリ先輩には本来の職務もあるということですよね？」

フェリが鑑定士としての仕事を教えてくれるのはありがたいが、それによって彼女の仕事が滞《とどこお》る可能性があるわけで、トーヤはそこが気になってしまった。

「倉庫《そうこ》の在庫管理や会計書類の確認や整理くらいかな。まあ、基本は裏方《うらかた》ね」

「なるほど、どれも大切な仕事ですね。私も早く仕事を覚えて、フェリ先輩が本来の仕事に戻れるよう、努力させていただきます」

トーヤが改めてそう口にすると、フェリは目を丸くしたまま固まってしまった。

「……どうしたのですか、フェリ先輩？」

「えっ！　いや、その……トーヤ君って、言葉遣いが丁寧で、本当に子供なのかなって……」

スフィアイズに来てから何度目とも知れぬ質問が、トーヤに投げ掛けられた。

トーヤは苦笑いを浮かべながら答える。

「すみません、癖《くせ》のようなものなのです」

「そうなんだ。でも、接客業に就《つ》く上では、すごくいいと思う！」

「ありがとうございます、フェリ先輩」

「どういたしまして。それじゃあ、業務の流れを説明していくね」

それから、フェリはトーヤに業務の流れを説明していく。

内容はジェンナから聞いていたものとほとんど同じだったが、忙しくなる時間帯について聞けたのは、トーヤからすると助かった。

トーヤはその場で質問する。

「営業開始と終了間際はなんとなく理由が想像できるのですが、昼を少し回った時間帯はなぜ忙しいのでしょうか？」

「依頼を終えた冒険者が、こっちに鑑定してほしい素材を持ち込むことが増えるからよ」

「……冒険者がですか？」

冒険者ギルドは商業ギルドとは真逆の区画にある。

それにもかかわらず、どうして商業ギルドに鑑定を依頼しに来るのかトーヤには分からなかった。

すると、トーヤの疑問を察したように、フェリは言う。

「冒険者ギルドには専属鑑定士がいないの。だから魔獣の素材やアイテムを買い取ってもらうために、うちに来るんだ」

納得したように頷くトーヤを見て、フェリは笑みを浮かべた。

「それじゃあもうすぐ始業時間になるけど、一緒に頑張りましょう！　最初は私もサポートするからね」

「よろしくお願いいたします、フェリ先輩」

こうして、スフィアイズでの初めての仕事が始まったのだった。


始業時間になると、早速商業ギルドの中は多くの客で溢《あふ》れかえった。

鑑定カウンターをはじめ、他のカウンターにも続々と客が並ぶ。

「……な、なんというか、すごい光景ですねぇ」

トーヤはその迫力に感動すら覚えていた。

しかし、それも束《つか》の間《ま》、すぐにトーヤの前にも、本日初めての客が姿を現した。

「こいつの鑑定を頼む！」

――ドンッ！

強面《こわもて》の男性は、手に持っていた鑑定品のナイフを乱暴にカウンターへ叩きつける。

そして前のめりになりながら、トーヤを睨みつけた。

とはいえトーヤもそれくらいで怯《ひる》むような人間ではない。

仕事には真面目に誠実に。相手がどのような人間でも、しっかりと対応することが一人前になる近道だと考えている。

まずは相手に自分の顔と名前を覚えてもらう必要があると判断したトーヤは、サラリーマン時代を思い出しながら挨拶する。

「いらっしゃいませ、お客様。本日から専属鑑定士となりました、トーヤと申します。以後、お見知りおきを」

「お、おう？　そうなのか？　まあ、なんでもいいさ。これ、鑑定してくれ！」

トーヤがとても丁寧な口調で対応してきたことに一瞬だけ困惑した強面の男性だったが、すぐに気を取り直して一度置いたナイフを握り、何度もカウンターを叩く。

ナイフを握った男性がそんなことをしていたら日本では問題だが、ここはスフィアイズ。別の常識があるのだと、トーヤは自分を納得させた。

そんなことをしている隙に、強面の男性は意気揚々《いきようよう》と語りだす。

「これはダンジョンで手に入れたんだよ！　ダンジョン産のナイフが単なるナイフなわけねぇし、

どんな隠された力があるのか、確認してぇんだよな！」

「ほほう、ダンジョンですか？　……ダンジョンって、なんですかね？」

「あぁん？　ダンジョンを知らねぇのか？　まあ、あんたみたいなガキじゃあそうだろうな！　がははははっ！」

強面の男性はトーヤがものを知らないと見るや、急に見下した態度を取ってくる。

しかしトーヤは落ち着いたまま、冷静に男性とナイフを観察する。

（こういう人は厄介《やっかい》ですね。揚げ足を取るのが上手かったり、脅して従わせたりするタイプかも知れません。それにしてもこのナイフ……）

トーヤが厄介な相手に絡まれていると気づいたフェリは、ハッとした表情を浮かべてフォローに入ろうとしたのだが、彼女が声を掛ける前にトーヤが口を開く。

「ダンジョンというのは、特別な場所ではないのですね」

「あぁん？　何を言いたいんだ？」

「こちらのナイフがどこにでも売っているような……むしろ、一般流通しているナイフよりも低品質なものなので、そう申しました」

トーヤが冷静な口調でそう言うと、男性は激昂《げっこう》する。

「はあ？　おいガキ、ふざけたこと言ってんじゃねえぞ！」

「隠された力があるわけでもなく、切れ味も悪い。刃にも欠けが多くありますし、金銭的価値はないに等しいですね」

トーヤが古代眼で鑑定した結果をスラスラと読み上げていくと、次第《しだい》に男性の顔が真っ赤になっていき、怒りで体が震えて今にも殴り掛からんとしている。

「ぶっ殺されてぇのかぁ、ガキ？　てめぇにこのナイフの価値が分かるわけねぇだろうが！」

「ナイフの価値、ですか？」

「その通りだ！　こいつは俺様が命懸《いのちが》けでダンジョンから手に入れてきたナイフなんだぞ！　それをなんの価値もないだと？　ふざけるのも大概《たいがい》にしやがれ！」

「ほうほう、命懸けでダンジョンから、ですか」

「最初からそう言っているだろうが！　分かったらさっさと金を出せ！　大金だぞ、大金だ！」

そう口にしながら男性はトーヤを威圧するかのようにバンッ！　とカウンターに拳を振り下ろす。

これ以上はマズいと判断したフェリが前に出ようとしたものの、またしてもトーヤが先んじて口を開く。

しかし、今回は男性に対してではなく、フェリや商業ギルドにいる他の客にも聞こえるような大声を発する。

「なるほどー！　ダンジョンというのはー、ラクセーナの中にあるものなのですねー！」

ただの大きな声ではなく、さも大げさに、わざとそうしているのだと分かるような言い回しだ。

それを聞いて、強面の男性は言い返す。

「……あぁん？　ガキ、何を言っていやがる？　ダンジョンが街の中にあるわけがねぇだろうが！」

「なるほどー！　であるならばー、このナイフを手に入れたのが東の闇市《やみいち》になっているのはどうしてなのですかねー！」

トーヤがそう告げると、周囲の視線が強面の男性に集まる。

強面の男性は慌てた様子で怒声を響かせる。

「お、おい、ガキ！　てめぇ、嘘《うそ》も大概にしやがれ！」

「嘘ですかー？　では、あなたが本当にこのナイフをダンジョンから手に入れたという証拠《しょうこ》はどこにあるのでしょうかー？」

「それを言うなら、闇市で仕入れたっていう証拠もねぇだろうが！」

拳を握りしめながら、額に大粒の汗を浮かべつつ強面の男性が叫んだ。

しかし、トーヤは毅然《きぜん》とした態度で男性の耳元に顔を寄せると、小さな声で呟く。

「それがですねぇ……私、古代眼持ちなんですよ……。なので、出所とかそういうの、詳細に分かっちゃうみたいなんですよね……」

「んなっ⁉　……ガキ、冗談を言ってんじゃねぇぞ？」

男性は先ほどまでの態度とは打って変わり、小さな声で何とかそう絞りだした。

するとトーヤは顔を離して営業スマイルを作り、普段と変わらない口調で言う。

「信じるも信じないもお客様次第でございますが、もし信じていただけないようであれば、こちらでもしっかりと調べさせていただきます。鑑定士というのは信用商売、間違いがあってはいけませんからね」

満面に笑みを張り付けてそう伝えると、男性は顔を引きつらせながらナイフを掴《つか》んだ。

「ふ、ふざけやがって！　てめぇのところにはもう持ち込まねえからな！　覚えていやがれ！」

「しっかりと顔を覚えましたよー」

「ぐぬっ⁉　ち、ちくしょうが！」

男性は最終的に、顔を真っ赤にしながら、大股で商業ギルドを出て行った。

「あれがいわゆる、捨てゼリフというやつですか。いやはや、初めて聞きましたね」

トーヤがのほほんとそう呟いていると、フェリが駆け寄ってくる。

「……す、すごいわ、トーヤ君！」

「ん？　何がでしょうか、フェリ先輩？」

トーヤは困惑しながら首を傾げる。

「さっきの対応よ！　あの人、さっきみたいに価値のないものを持ち込んでは、ああやって脅して高額で取引させようとする厄介な人なのよ！」

「なるほど、そうだったのですねぇ。フェリ先輩のお手を煩《わずら》わせずに済んでよかったです」

「私に頼られてもギルマスに助けを求めていたかも知れないし、むしろ私の方が助けられちゃったな」

「何を仰いますか。まだまだ分からないことばかりですし、ご指導ご鞭撻のほど、よろしくお願いいたします」

そう口にして頭を下げたトーヤは、顔を上げてからニコリと微笑んだ。

その様子を見たフェリは思わず呟く。

「ギルマス、どこでこんな素直《すなお》でいい子を捕まえてきたのかしら」

「捕まえられた、というか、私が自分から足を踏み入れたというか」

苦笑いを浮かべながらトーヤは頭を掻く。

フェリはそれを見て笑うと、大きく息を吸い込んだ。

「よーし！　それじゃあ私もトーヤ君に負けないよう、頑張ってお仕事しなきゃだね！」

その後は大きなトラブルもなく、トーヤは、出勤初日を無事に終えたのだった。

◆◇◆◇

二週間が経ち、トーヤは今も商業ギルドで仕事に励《はげ》んでいる。

トーヤは冒険者からの評判も上々で、『どっちが先輩か分からないな』と指導係のフェリがからかわれるほどだった。

今も鑑定に来た冒険者がトーヤの仕事ぶりを見て、フェリにからかうような言葉を投げ掛けていた。

すると、トーヤは困ったような表情をしながら口を開く。

「フェリ先輩にはまだまだ教えてもらうことが多いのですから、私が嫌われるようなことは言わないでください」

その瞬間、どっと笑いが巻き起こった。

「おっと、すまねぇな！」

「フェリちゃんもそうだが、トーヤがいなくなっても大変だ！」

そんな風に男性の冒険者が大笑いする横で、女性の冒険者がフェリを庇《かば》うようにして声を掛ける。

「ごめんなさいね、フェリちゃん」

「男共はがさつで嫌よねー」

その言葉を聞いて、フェリは楽しそうに笑う。

「いいんですよ。実際にトーヤ君はとても優秀ですし、私も助かっていますから」

「フェリ先輩にそう言ってもらえるとは、嬉しい限りですね」

こうして、トーヤとフェリ、そして冒険者たちは再び笑い合った。


ある程度仕事に慣れてくると、トーヤの手が空くようになる。

今日は先ほど雑談をしていた冒険者たちがいなくなり、昼過ぎのピークを過ぎてから暇になった。

鑑定物の持ち込みが少なくなると、トーヤは手持ち無沙汰《ぶさた》になってしまう。

仕事をいただけているという感覚が強いトーヤは、他にも職場の役に立てることはないかと、周りに視線を向け始めた。

その時、大量の書類を抱えたフェリの姿が目に入った。

「……おや、フェリ先輩、その書類はいったい？」

「ああ、トーヤ君。これは会計書類よ」

「以前に仰っていた、フェリ先輩の本業の一つですね」

フェリは小さく頷くと、抱えた書類を机にドンと置き、口を開く。

「この書類に記載された金額を帳簿《ちょうぼ》に写しているのよ」

「……この量をですか？」

トーヤも日本で書類整理をしたことはあるが、これはさすがに量が多すぎると思い、そう尋ねた。

フェリは、ため息交じりに答える。

「そうなの。本当、嫌になっちゃうわ」

そうして、作業を開始するフェリ。

トーヤはそんな彼女を見たのち、カウンターに誰も来ていないことを確認してから口を開く。

「……あの、私も手伝いましょうか？」

「そんな、いいわよ。これは私の仕事だし、トーヤ君には鑑定士の仕事があるでしょう？」

「ですが、今は誰もお客様がいませんし、しばらく誰も来ないと思いますよ？」

ずいっと近づいてくるトーヤを見て、フェリは少し困惑する。

「……で、でも、トーヤ君に仕事を押し付けるみたいで、なんだかなぁ」

「気にしないでください。フェリ先輩には日頃からお世話になっていますし、お客様が来たら中断して自分の仕事をしますから」

「うーん、でもなぁ……」

渋《しぶ》るフェリだったが、トーヤが満面の笑みを浮かべながらその場から動こうとしないのを見て、自分が折れるしかないと諦めた。

「……分かったわ。申し訳ないけど、お願いできるかな？」

「もちろんです！　何をしましょうか？　計算なら得意ですよ！」

「や、やる気満々なのね」

「この時間帯はやることがなくて、どうも手持ち無沙汰だったもので」

得意気な笑みを浮かべるトーヤを見て、フェリはクスリと笑う。

そして、書類の中から比較的計算が簡単なものを選んで、トーヤに手渡した。

「それじゃあ、この書類の計算をお願いしようかな」

「……これだけでいいんですか？」

「もちろんよ。計算が得意と言っても、私には敵《かな》わないと思うわよ？」

「ふむ、そうですかね」

少しだけ得意気に笑ったフェリを見て、トーヤは頷く。

それからフェリの隣に置いてもらった自分の椅子に腰掛ける。

「これ、メモ帳だよ」

フェリは紙を渡そうとするが、トーヤは胸を張って言う。

「大丈夫です。自前のものがありますし、この程度なら暗算でできますから」

「……あ、アンザン？」

「では、始めていきますね」

暗算という言葉がスフィアイズには存在しないため、フェリは首を傾げながら問い掛ける。

しかしトーヤは早く仕事をしたかったため、それに答えることなく計算を始めた。

四桁や五桁の金額の計算を暗算で行っては、メモ帳に金額を記していくトーヤ。

そのあまりの速さに、フェリは自分の仕事の手を止めて、トーヤの計算に見入っていた。

そうして一分ほどが経ったタイミングで、トーヤはペンを置いた。

「終わりましたよ、フェリ先輩」

「えっ？　……も、もう終わったの？」

「はい」

「……ほ、本当に？」

「はい。チェックをお願いいたします」

「…………わ、分かったわ、ちょっと待っててね」

トーヤが書類を手渡すと、フェリは慌てて確認を始める。

自分の方が得意だと思っていただけに、フェリは恥ずかしくなってしまう。

「……あれ？　あの、フェリ先輩。ここの数字、間違えていませんか？」

さらにトーヤは、フェリの手元の書類に目を移すと、そう口にした。

「えっ！　嘘、どこ!?」

「こちらです」

「ご、ごめん、ちょっと待って！　…………うっわー、本当だぁ。ってことは、あとの計算も全部間違えているってこと？　あぁぁ～、最悪だよぉ～！」

　頭を抱えてしまったフェリを見て、トーヤはいつも通りの笑みを浮かべた。

「こちらも私がやりましょうか？」

「……うん、大丈夫。それじゃあ私の仕事がなくなっちゃうもの」

「でも、これくらいなら鑑定士の仕事の合間にできそうですが……分かりました、ちょっと待ってくれませんか？」

「えっ？　いや、あの、トーヤ君！」

　フェリが止めるのも聞かず、トーヤは早足でその場を離れていってしまう。

「トーヤ君、いったいどこに……って、二階!?」

　二階にあるのはジェンナの部屋だけである。

　トーヤはジェンナに会計書類などの計算仕事を任せてもらえないか、それが無理ならフェリの手伝いをさせてくれないか頼むつもりだった。

　しばらくして、トーヤはジェンナと一緒に一階へ戻ってきた。

　ジェンナはフェリの方を向いて尋ねる。

「フェリ、トーヤが計算も得意だというのは本当かしら？」

「は、はい。私がお願いした計算をすぐに終わらせて、私の間違いを指摘してくれました」

「それで、どうでしょうか？　仕事の効率化のためにも、私に計算仕事を任せていただけませんか？」

柔和《にゅうわ》な笑みのままトーヤがそう口にすると、ジェンナは呆れ顔を浮かべた。

「……全く、あなたという人は」

「んっ？　何かおかしなことでも言いましたか？」

「なんでもないわ。それじゃあフェリ、会計書類の一部はトーヤに任せてしまいましょう」

「えっ！　でも、それだとトーヤ君の仕事量が大変なことになってしまいます！」

「もしも鑑定の仕事が忙しくなるようであれば、フェリが手伝ってあげなさい。その間、フェリは倉庫の在庫管理をお願いね。それに、別の仕事もお願いすることになると思うわ」

「……分かりました」

フェリが申し訳なさそうな顔を向けた先で、トーヤはニコリと笑って口を開いた。

「どうぞお任せください、フェリ先輩。これでも計算は得意な方なので、お手を煩わせないよう精進いたします。それでは私は残りの計算を終わらせようと思うので、失礼いたします」

トーヤはそう伝えると、書類を手にルンルン気分で鑑定カウンターへ歩いていった。

「……あの、ギルマス？　あんないい子、本当にどこで捕まえてきたんですか？」

「……捕まえたんじゃなくて、あっちから来てくれたのよ。本当にラッキーだったわ」

それからフェリは倉庫に在庫確認へと向かい、トーヤは計算に没頭するのだった。

◆◇◆◇

翌日、トーヤは鑑定カウンターの前で忙しくしていた。

しかしそれは鑑定業務が忙しいからではなく、別のところから仕事が殺到《さっとう》していたからだ。

現に今彼が行っているのは、計算仕事だ。

「トーヤ君、これお願いできるかしら！」

別部署の女性職員から声を掛けられ、トーヤは答える。

「こちらはすぐに終わりますし、大丈夫ですよ」

「ありがとう！　助かるわ！」

そう言って女性職員が持ってきたのは、パッと見でも二〇枚以上はある書類の束《たば》だ。

「トーヤ君が今やっていた仕事と同じ内容なの！　計算、お願いね！」

「かしこまりました」

トーヤは書類の束を受け取ると、目の前の仕事を終わらせようと姿勢を正す。そんなタイミングでまた別の部署の男性職員から声が掛かる。

「おーい、トーヤ！」

「はーい！　なんでしょうかー！」

「すまん！　ちょっと手伝ってくれねぇか？」

「今の仕事が終わって、こっちの書類が終わってからでも良いでしょうか？」

普段と変わらない笑みを浮かべながら、トーヤは先ほど受け取った書類をポンと叩く。

「構わねぇよ！　マジで助かる！　今度、飯を奢《おご》るからよ！」

「それではお誘《さそ》い、期待して待っていますね」

社交辞令《しゃこうじれい》だろうなと内心で思いながらも男性職員に返事をしつつ、トーヤは先ほど女性職員から受け取ったのと同じくらいの厚さの束を受け取った。

「これも今やっているその書類と同じ、計算の書類だからな！」

「かしこまりました」

男性職員は何度も手を合わせて謝罪のジェスチャーを取りながら、自分の部署へと早足で戻っていった。

トーヤはその光景を横目に、少し考える。

（……うーん、これはどうしたものでしょうか）

何故このような状況が生まれてしまったのかというと、トーヤが計算を得意としているということが商業ギルドの職員に広まってしまったからだ。

商業ギルドは商品だけでなく、お金も頻繁《ひんぱん》に取り扱う。

しかし、多くの職員が商業ギルドで働き始めてから本格的な計算を学ぶため、大きな数字を何度も足したり引いたりする作業を苦手とする者は多い。

（私自身手が空《あ》くのは嫌ですし、他の方の作業を手伝うのはやぶさかではありません。ですが、手伝い過ぎるのも問題なのですよね）

仕事のできる者が一手に引き受け過ぎてしまうと、他の者の成長を妨《さまた》げてしまう。

それどころか、中には楽を覚えて仕事をサボろうと考える者が出てきてしまうかも知れない。

日本にいた時の冬夜であれば、いい塩梅で引き受けたり断ったりもできたのだが、トーヤにはその判断がまだ難しかった。

(ここでの私は新入社員です。頼まれた仕事は可能な限り引き受けて、仕事ができると認めてもらいたいところなのですが……さて、困りました)

そんなことを考えながらも手と頭は動いている。目の前の仕事を片づけるとすぐに女性職員から受けた仕事を終わらせ、次に男性職員から受けた仕事へと取り掛かっていく。

そこへ素材を手にした冒険者がやってきた。

「鑑定士、いるかー?」

「あっ、はーい！　いますよー！」

トーヤが顔を上げると、冒険者は驚いた顔を浮かべる。

「なんだ、そこにいたのか。頭が出てねぇから分からなかったぞ」

「申し訳ございません。別の仕事をしていたもので」

「別の仕事だぁ？　……なんだ、そのわけ分からん数字の羅列《られつ》は？」

冒険者はカウンター越しに、トーヤの手元をチラリと見た。

「足したり引いたり、まあ会計仕事ですね」

「……お前、鑑定士だろう？」

「手持ち無沙汰になるのがどうにも慣れなくて……っと、それよりもお仕事ですね。素材をお預かりいたします」

難しい顔をしていた冒険者も、トーヤの言葉を受けて、腰の袋に入れていた素材を取り出していく。

トーヤは素材のうち一つを受けとり、早速鑑定した。

「ほほう、これは……ソニックバードの素材ですね」

「めちゃくちゃ速く飛んでいたから討伐するのが大変だったが、たまたま倒せたんだよ！」

トーヤは冒険者の話に耳を傾けながら、相槌《あいづち》を打ちつつ素材の鑑定を行っていく。

その間、遠くからまた別の職員がこちらをチラチラと見ていることに気がついた。

（うーん……これはまたお手伝いをお願いされるかも知れませんね）

そう思いながらも鑑定を済ませて買取金額を伝えると、冒険者は納得し、素材を売却して去っていった。

「さて、それでは仕事に戻りますかね」

冒険者を見送ったトーヤが残りの書類を片づけようとしたところで、先ほどから彼を見ていた職員が近づいてくる。

「……ふぅ」

小さく息を吐き、笑顔を絶やさないよう気合いを入れたところで――

「ちょっと！　みんな、何をやっているの！」

トーヤのすぐ後ろから怒声が響いた。トーヤは慌てて振り返る。

「……リリアーナさん？」

そこには怒った顔で腕組みをする、リリアーナが立っていた。

「あなた！」

リリアーナはそう言って、トーヤに近づいてきた男性職員を指さす。

「は、はい！」

「トーヤ君に仕事を頼もうとしていたでしょう！　自分の仕事なんだから、彼を頼らないの！　いいわね？」

「も、申し訳ありませんでした！」

男性職員はリリアーナに頭を下げ、慌てて自分の部署へ引き返していった。

彼女は続けて、すでにトーヤに書類を渡していた二人の職員にも言及《げんきゅう》する。

「あなたとあなたも！　その書類はさっさと持って帰って、自分でやりなさい！」

「は、はい！　失礼いたしました!!」

彼らも慌ててトーヤの手元から書類を取り返すと、去っていった。

「あっ！　そっちは終わっているので、あとはチェックだけお願いいたしますね！」

去り際にトーヤはそう二人に声を掛けた。

そして、何故かリリアーナがこちらを向いていることに気づく。

「……えっとー、今度は私ー……ですよね？」

トーヤはリリアーナを見て、怒鳴られる未来を想像する。

しかし、彼女は大きくため息を吐くと、笑みを浮かべる。

「……はあぁぁ～。そんなわけないでしょう？　みんなを手伝ってくれてありがとう、トーヤ君」

「……あの、よかったのですか？　元はと言えば私が手伝いを始めたことがきっかけですし……」

「みんなの手前、おおっぴらによかったとは言えないけど、トーヤ君が他の部署からも頼りにされるくらい仕事ができてよかったわ」

リリアーナはそう口にし、トーヤの手元から書類を奪う。

「残りは私がやっておくわ」

「よろしいのですか？」

「もちろん。それと、これからの時間は鑑定カウンターも忙しくなるでしょうし、手伝いもほどほどにしなきゃダメよ？　他の人が楽を覚えるのも良くないしね」

「……肝に銘じます」

「うふふ。それじゃあ、よろしくね」

最後にトーヤの肩をポンと軽く叩き、リリアーナは去っていった。

「……良い同僚を持ちました。こうして気に留《と》めていただけるなんて、ありがたいことです」

リリアーナの気遣いに感謝しつつ、トーヤは日本で勤めていた会社のことを思い出していた。

（あの頃は無茶な仕事を上司から何度も振られてしまい、大変でしたね……）

新人の頃にお世話になった先輩を助けるためにと、サービス残業を繰り返していた日々がよぎり、トーヤは自然と苦笑いを浮かべた。

（祖父母の教えとはいえ、無茶をし過ぎました。ここでは皆さんのことも考えながら、きちんと線

を引かなければなりませんね）
トーヤがそんなことを考えていると、商業ギルドの入り口に多くの冒険者が姿を見せた。
「いらっしゃいませ、お客様」
営業スマイルを浮かべながら、トーヤは本来の仕事に従事《じゅうじ》するのだった。

◆◇◆◇第四章：トーヤ、急な休みを与えられる◇◆◇◆

リリアーナが怒声を響かせた日を境《さかい》に、トーヤに手伝いを申し出る職員は極端に減った。

トーヤも『まずは自分でやってください』と一言付け加えるようになり、その上でどうしても手が足りない、助けてほしい、という職員のみ、手伝うようになった。

だが二日後、トーヤは出勤して早々にジェンナから呼び出しを受けてしまう。

現在トーヤは一人、ジェンナの部屋で彼女と向き合っていた。

「トーヤ」

「はい、なんでしょうか、ジェンナ様？」

真剣な表情のジェンナを見て、トーヤに緊張が走る。

「あなた、今日は午後からお休みなさい」

「…………えっ？　えええええぇぇぇぇぇっ⁉」

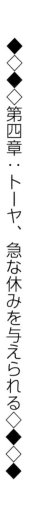

トーヤは思わず一度絶叫《ぜっきょう》してから、慌てて尋ねる。

「ど、どどどど、どうしてでしょうか？　あの、私、何かミスをしでかしたでしょうか？　捨てないでください！」

「はぁ。あなた、本当に気づいていないのね」

「な、なななな、何にでしょうか？　ミ、ミミミミミ、ミスにでしょうか!!」

「違うわよ！　働き過ぎなの、トーヤは！」

自分に不手際があったのだと思い込んでいたトーヤは焦りに焦っていた。

しかし、想定外の言葉を投げ掛けられ、きょとんとしてしまう。

状況が良く分からないまま、何とか言葉を発する。

「……は、働くことはいいことでは？」

「働き過ぎだと言ったの！　わたくしは全ての仕事をやってもらうために、あなたを雇ったのではありませんよ！」

「……私もそのようなつもりはありませんが？」

「言っていることとやっていることが食い違っているのよ、トーヤは！」

「………………？」

ジェンナの言っていることが理解できず、トーヤはコテンと首を横に倒した。

その姿を見たジェンナは顔を手で覆いながらため息を吐き、改めて伝える。

「いい、トーヤ？　これは上司命令ですから。拒否権はないわ」

だが、労働が体に染み付いたトーヤは、すんなり受け入れられない。

「い、いきなりお休みと言われましても、いったい何をしたらいいのでしょうか？　私、この街のこともあまり分からないのですが……」

「それなら街のことを知るために散策をしたらいいでしょう。はい、話は終わりよ」

「えぇっ⁉　いや、あの、ジェンナ様‼」

異議を唱《とな》えようとしたトーヤだったが、ジェンナに背中を押され、部屋の外に追いやられてしまった。

「……午後から、どうしましょうか？」

そう口にしながらトーヤが鑑定カウンターに戻ると、フェリが声を掛けてくる。

「どうしたの、トーヤ君？　なんだか深刻そうな顔をしているけど？」

「その、実は――」

ジェンナから午後のお休みを押し付けられたことを伝えると、フェリは合点《がてん》がいったように頷いた。

「あぁ、その話なら聞いていたわ」

「それなら、どうしてジェンナ様を止めてくれなかったのですか、フェリ先輩！」

「だって、事実トーヤ君は働き過ぎなんだもの」

「そんなことありませんよ！」

トーヤは必死の形相《ぎょうそう》で抗議した。

だが、フェリは顔色一つ変えず首を横に振る。

「ギルマスや私だけじゃなく、他のみんなも口を揃えてそう言っているわよ」

「…………そ、そうなのですか？」

トーヤは周囲に視線を向ける。

すると、その場にいた全員が頷いた。

「……そ、そんなぁ〜！」

「お休みを与えられて文句を言うのって、トーヤ君くらいじゃないかな？」

フェリはクスクスと笑いながらそう口にすると、鑑定カウンターから退く。

「それじゃあ私は自分の仕事に戻るわ。午後になったらまた交代しに来るからね」

「……あ、ありがとうございます、フェリ先輩」

お礼を言ってから鑑定カウンターに座ったトーヤだったが、午後に何をしたらいいのかということで頭の中はいっぱいだった。


そして、午後になった。

「……お、お疲れ様でしたぁ」

「あとのことは任せてね、トーヤ君」

「……はぃ。よろしくお願いいたします」

フェリに見送られながら、大きく肩を落として商業ギルドを出ていくトーヤ。

「……はぁ。結局、どこに行くべきか決まりませんでしたねぇ」

通りをとぼとぼ歩いていると、道の先から声が聞こえてきた。

「あれ？　トーヤ君？」

「おや？　リリアーナさん？」

手提《てさ》げを片手に道の先から歩いてきたのは、今日は休みのリリアーナだった。

彼女は、不思議そうな顔でトーヤに問う。

「トーヤ君、今日は出勤じゃなかった？」

「それが、ジェンナ様に無理やり休むよう申し付けられてしまったのです」

「あぁ、なるほど。うふふ、ギルマスもトーヤ君の働き過ぎを気にしていたから、当然かもね」

リリアーナすら納得しているのを見て、トーヤは申し訳なさそうに口を開く。

「私としては、普通に仕事をしていただけなのですが……どうしたらいいのでしょうか？」

「どうしたらいいのって、普通にお休みを満喫《まんきつ》したらいいんじゃないかしら？」

「そう言われましても、この街については詳しくありませんし……」

大きく肩を落としながらトーヤがそうぼやいていると、リリアーナはしばらく考え込んだ後に大きく頷いた。

「それならトーヤ君、私がラクセーナを案内しましょうか？」

「えぇっ!?　いえ、ご迷惑になってしまいますので！」

リリアーナからそのような提案をされるとは思わず、トーヤは慌てて断りの言葉を口にした。

しかし、リリアーナは笑みを浮かべたまま、首を横に振る。

「そんなことないわよ。私の家はこの近くにあるし、荷物を置いたら出かけましょうか」

「いえいえ、せっかくのお休みを私なんかに使わせるのは――」

「トーヤ君だから休日を使いたいの。ほら、ついてきて」

「うわっ！　あの、リリアーナさーん？」

手提げを持っている手とは逆の手でトーヤの腕を取り、そのまま歩き出したリリアーナ。

（うーん、女性に腕を引かれて歩くのは、少しばかり恥ずかしいですね）

子供の姿になっているものの、トーヤの中身は三五歳の大人である。

とはいえ子供の力では手を振りほどくこともできず、諦めてリリアーナについていくことにした。


リリアーナの家は二人がいた通りから五分と掛からない場所に建っていた。

彼女は自宅である立派な一軒家の中に入っていき、すぐに荷物を置いて出てくる。

それから二人はラクセーナの散策を始めた。

街を歩きながら、リリアーナは尋ねる。

「トーヤ君は行ってみたいところとか、見てみたいところとかないのかしら？」

「そうですね……強いて言うなら一人でも時間を潰せるような娯楽《ごらく》品が欲しいですね」

「うーん……みんなでできるようなものじゃダメなの？」

「いやはや、友達と呼べる人がいないものですから」

苦笑しながらそう告げたトーヤに対して、リリアーナがわざとらしい口調で言う。

「私やフェリちゃんは友達ではないのかしら？」

「職場の先輩を友達と呼ぶのは、微妙かなぁと」

「そうかしら？　まあ、トーヤ君からすると、私みたいなおばさんは友達にしたくないかぁ」

「そんなことはありませんよ？　それに、リリアーナさんはおばさんではないでしょう。まだまだお若いですし、お姉さんといった感じでしょうか」

その言葉を聞いて、リリアーナは小さく微笑んだ。

「うふふ、冗談よ、じょーだん」

「なんと、そうでしたか」

トーヤが驚いた顔でそう言うと、リリアーナの声色が明るくなる。

「ありがとう、トーヤ君。お姉さんなんて最近はめっきり言われないから、嬉しいわ」

「そうなのですか？」

「そうよー。まあ、立場的に私と気安く話ができる人が少ないってのもあるでしょうけど」

「立場的に……もしやリリアーナさんは、商業ギルドでも上の方の立場のお方なのでしょうか？」

トーヤとリリアーナが出会った場所は受付カウンターである。

日本で勤めていた会社では、上司の主な仕事は職員の管理だった。そのため、トーヤはカウンターで接客にあたっていたリリアーナのことをフェリと同じか、彼女の先輩くらいの立ち位置だと思っていた。

自分の認識が間違っていたのかと不安になるトーヤを見て、リリアーナは笑って言う。

「私はサブマスターよ」

「……えっ？」

「うふふ、驚いた？」

「………も、申し訳ございませんでした！」

トーヤは勢い良く頭を下げてリリアーナに謝罪した。

それを見て、リリアーナは慌てる。

「えぇっ!? ど、どうしたの、トーヤ君!!」

「サブマスターとは知らず、あまりにも気安く話し掛けていました！ そもそも、自分が勤めている職場のサブマスターを知らないだなんて、職員として失格です!!」

「失格って、そこまでのことじゃ全然ないわよ？」

「で、ですが……」

大失態《しったい》を犯してしまったと言わんばかりのトーヤに対して、リリアーナは苦笑する。

「そもそも私が役職を伝えていなかったのが悪いわけだし、初めての対面がカウンターだったもの。勘違いしても仕方ないわよ」

リリアーナがそう言って笑うのを聞いて、トーヤはゆっくりと顔を上げる。

「……ありがとうございます」

「そんなに落ち込まないで。そんなことよりほら、あそこならトーヤ君の欲しいものがあると思うわ」

リリアーナはトーヤの肩を優しく叩いてから、遠方を指さした。

そこには周囲の石造りの建物とは雰囲気が大きく異なる、木造の建物が建っていた。

トーヤは気持ちを切り替えて、お店を眺める。

「……なんと言いますか、とても落ち着いた雰囲気のお店ですね」

「ブロンのなんでも屋、というお店よ」

「……なんでも屋、ですか？」

「とりあえず入ってみて。面白いから」

リリアーナはニコニコしながら、トーヤの背中を押す。

どんな店なのかと想像しながら歩いていると、すぐにお店の前に辿り着いた。

扉を開き店内に入ると、トーヤは思わず声を発する。

「……おぉ……おおっ！　これはすごいですねえっ！」

名前から雑多な店内をイメージしていたが、そうではなかった。

店内にはいろいろな商品が綺麗に陳列《ちんれつ》されており、棚ごとにどのような商品が並んでいるのかを説明する板まで置かれている。

売り場は予想以上に広く、どこから見て回ろうか迷ってしまうほどだ。

トーヤがきょろきょろしながらそんな店内を見ていると、カウンターの奥から初老で白髪の男性が声を掛けてくる。

「おや？　リリアーナじゃないか」

「お久しぶりです、ブロンさん」

「ほほほ、久しぶりだね。おや？　今日は一人じゃないようだね」

ニコニコと白い顎髭《あごひげ》を撫でながら、ブロンがトーヤへ視線を向ける。

「お初にお目に掛かります。私、トーヤと申します」

「ほほほ、なんとまあ、礼儀正しい子供だこと。わしはブロンじゃ、よろしくのう、トーヤ」

柔和な声で自己紹介をした後、ブロンはトーヤの頭を撫でながらリリアーナに問い掛ける。

「それで、今日はどうしたんだい？」

「トーヤ君にラクセーナを案内していたんですけど、一人で時間を潰せる娯楽品が欲しいって言っていたので、ブロンさんのお店を紹介したんです」

リリアーナの説明を受けて、ブロンは顎髭を撫でながら思案する。

「なるほどのう。……ふむ、であればこっちの棚はどうかのう？」

ブロンは顎髭から手を離して歩き出し、店内の奥の棚に案内してくれた。

「この辺りには娯楽品が並んでおる。時間を潰せるものがあるはずだよ」

「見せてもらってもよろしいですか？」

トーヤが尋ねると、ブロンは笑顔で頷く。

「もちろんだよ、見ておいき」

「ありがとうございます」

ペコリと頭を下げたトーヤは、すぐに視線を棚の方へ向けた。

ブロンはトーヤから少し離れた位置にいるリリアーナの元へ行くと、優しい声で言う。

「本当に礼儀正しい子供だね」

「ええ。年齢を偽《いつわ》っているんじゃないかって思っちゃいます」

「あの見た目では偽りようもない。どう見ても子供だ」

「うふふ、確かにそうですね」

意外と的《まと》を射ているブロンとリリアーナの会話だったが、棚の娯楽品を見ることに夢中になっているトーヤにその声は届いていない。

ブロンは続いて、気になっていたことを尋ねる。

「リリアーナとトーヤはどういう関係なんだい？」

「トーヤ君には今、商業ギルドで鑑定士として働いてもらっているんです」

「そうなのかい？　子供なのに偉いね」

そんな風に会話に花を咲かせるリリアーナとブロンを横目に、トーヤは独り言を呟きながら、棚を物色《ぶっしょく》していく。

「……これはパズルでしょうか？　面白いですねぇ。それにこれは……うーん、魔石とはいったいなんなのでしょうか？」

棚には日本にもありそうなものや、スフィアイズならではのものまで、色々ある。

その時、トーヤが突然大きな声を上げた。

「あっ！　こ、これは!!」

「何か見つけたの、トーヤ君？」

ブロンとの会話を中断してリリアーナが声を掛けると、トーヤが小刻みに震えながら振り向いた。

「これ……ル、ルービックキューブです！」

「……るうびっくきゅうぶ？」

「ほほほ、これを知っているのかい、トーヤ」

リリアーナが首を傾げているのに対し、ブロンは感心したようにそう問い掛けた。

トーヤが手にしているのは、一面が三×三の九マスに分割されている立方体――日本でもおなじみのルービックキューブである。ちなみに木製だ。

彼は昔ルービックキューブにハマっており、一時期は一人の時間があれば黙々と遊んでいた。

社会人になってからは忙しさもあって触れられていなかったが、久しぶりに見ると手を動かしたくてうずうずしてしまう。

「これ、買います！　買わせていただけませんか！」

トーヤが珍しく感情を露《あら》わにするのを見て、リリアーナは首を傾げる。

「そんなに珍しいものなの？」

それに答えたのはブロンだった。

「ただのおもちゃだよ。でも結構難しくてね。トーヤはこれを揃えられるのかい？」

「できます！」

自信満々にできると言い切ったトーヤを見て、ブロンは一つの提案を口にする。

「そうか……なら、今この場で六面とも揃えることができたら、譲ってあげてもいいよ？」

ルービックキューブはすでに色をバラバラにされている。

ブロンも何度かチャレンジしていたが、一面はまだしも、六面を揃えることはできなかった。

「えぇっ⁉　ですが、いいんでしょうか？」

「あくまでも六面を揃えられたらだよ。できなければしっかりと料金をいただくよ」

トーヤはブロンの挑戦的な笑みを見て、大きく頷く。

「……かしこまりました、やりましょう！」

そう言ってトーヤは、棚にあったルービックキューブを手に取った。

その様子を見たブロンは、満足げに頷く。

「良いだろう。ではリリアーナ、トーヤが揃えるまでの間、お茶でも飲みながら雑談を――」

「あっ、大丈夫ですよ。おそらくすぐにできますから」

ブロンの言葉を遮るようにトーヤはそう口にして、手の中でルービックキューブを弄《いじ》ってみた。

「……ふむふむ、木製のものは初めて触れましたが、意外とスムーズに動くものですね」

「本当に、すぐにできるのかい？」

「この感じなら大丈夫かと……では、始めていきますね」

ブロンの問いに答えたトーヤは、一気にルービックキューブを回転させ始めた。

手の動きと共にカタカタと動き出したルービックキューブを見て、ブロンとリリアーナは驚きの表情を浮かべる。

「……これは、すごいのう」

「……えっ？　これ、何をしているのかしら？」

「ルービックキューブは各列を回転させながら、一つの面の中で同じ色を揃えて遊ぶおもちゃだよ。一面はわしもできたが、二面以上はできんかったなぁ」

ブロンがルービックキューブの説明をリリアーナにしている間も、トーヤの手は動いている。

「……でも、ブロンさん？　トーヤ君、もう二面まで揃えちゃっていますよ？」

「……………おぉ、本当だのう」

その後もトーヤは手を止めることなくルービックキューブを回転させ続け、最終的には一分と掛からずに六面を揃えてしまった。

「はい、できました」

トーヤが完成したルービックキューブをブロンに見せる。

「なんとまあ、すごいのう！」

「ねえ、トーヤ君。これって、私でもできるかしら？」

感心したように声を上げたブロンの隣で、リリアーナは興味深げに尋ねた。

「最初は難しいかも知れませんね。ですが、試してみますか？」

「やってみたいわ！」

やる気満々のリリアーナを見て、トーヤはルービックキューブの面をバラバラにする。

そして、リリアーナにルービックキューブを手渡す。

「……これでいいですかね。それではどうぞ、リリアーナさん」

「よーし、見てなさいよ！」

強気な発言をしたリリアーナは、早速ルービックキューブを回し始める。それから少ししてすぐにブロンがお茶を運んできた。

「お茶でよかったかい？」

「もちろんです、ありがとうございます」

トーヤが頭を下げながらお礼を口にしている最中も、リリアーナは必死の形相でルービックキューブを回転させ続けている。

「絶対に、すぐに、終わらせて、やるんだからね！」

そんな彼女を横目に見つつ、トーヤは渋みのある温かいお茶を口に含み、ふぅと小さく息を吐く。

「とても美味しいお茶ですね」

「トーヤくらいの歳の子なら、渋すぎて苦手だと言いそうだけど、口に合ったならよかったよ」

「私にはこれくらいがちょうどいいのです」

そう言いながらもう一口お茶を飲んだトーヤを見て、ブロンも微笑みながら湯呑みに口に付けた。

その間もリリアーナはルービックキューブを弄っているが、なかなか色は揃わない。

(それにしても、どうしてルービックキューブがあるのでしょうか？　私のように地球からスフィアイズに転生した者がいたということですかね)

そんなことを考えながら、トーヤは最後の一口までお茶を飲みほした。

「ごちそうさまでした。このお茶はどちらで購入できるでしょうか？」

渋いお茶を気に入ったトーヤは、ブロンにお茶を購入できるのか聞いてみた。

「わしが懇意《こんい》にしている商人から特別に仕入れているものだから、あとで分けてあげよう」

「ルービックキューブだけでなく、茶葉までいただくのはさすがに悪いですよ！」

トーヤは申し訳なさからそう口にしたが、ブロンは構うことなく立ち上がる。

そして店の奥に姿を消すと、すぐに茶葉の入った袋を手に持って戻って来た。

「ほれ、持っていくといい」

「……ほ、本当によろしいのでしょうか？」

袋を手渡されたものの、本当にもらっていいのか不安になるトーヤ。

すると、ブロンは柔和な笑みを浮かべながら彼の頭を優しく撫でた。

「よいよい。子供が遠慮し過ぎるのはいかんぞ」

「……はい、ありがとうございます、ブロンさん」

中身は子供ではないのだが、佐鳥冬夜だった頃の年齢で考えても、ブロンは年上である。

そう思うと、トーヤの口からは素直に「ありがとうございます」とお礼の言葉が零れ落ちていた。

だが直後、リリアーナがルービックキューブを手に大声を上げる。

「………………だあぁぁ～！　もう、全然揃わないんですけどおぉぉ～!!」

トーヤとブロンは顔を見合わせ、クスクスと笑い合うのだった。

◆◇◆◇

その後ブロンとトーヤの話に花が咲き、気づけば太陽が地平線に姿を隠し始める時間になっていた。

「また時間があったらおいで、歓迎するよ」

「ありがとうございました、ブロンさん」

「また来ますね」

トーヤとリリアーナは笑顔のブロンに見送られながら、なんでも屋をあとにした。

帰り道、ほくほく顔で通りを歩くトーヤを、リリアーナは微笑ましく見つめる。

「とても嬉しそうね」

「ルービックキューブや茶葉をいただけましたし、他にもいろいろと買えましたので」

もらってばかりでは申し訳ないと、トーヤは他にも気になるものがないか店内を物色し、ルービックキューブ以外にもいろいろと購入していた。

アイテムボックスを持っているトーヤだが、それを公《おおやけ》にするのは危険なため、ブロンが用意してくれた袋に商品を詰めて、大事そうに抱えている。

トーヤの言葉を聞いて、リリアーナは悔しそうな声で言う。

「それにしても、さっきのルービックキューブ、全くできなかったわ」

「手順を覚えることができれば意外と簡単ですよ」

「そうなの？　……うーん、信じられないわ」

小さく首を振るリリアーナの姿にトーヤは苦笑しつつも、自分も覚えるのに苦戦したことを思い出した。

トーヤは袋の中にあるルービックキューブの感触を改めて確かめながら、口を開く。

「……ブロンさんのお店を紹介していただき、本当にありがとうございました」

「でも結局、あそこしか紹介できなかったわね」

二人は、ブロンのなんでも屋で時間を使い過ぎてしまった。

トーヤとしては大満足の時間だったが、リリアーナからすると不満が残っているようだ。

リリアーナは少し思案してからポンと手を叩く。

「……よし、決めた！」

「どうしたのですか？」

「トーヤ君、晩ご飯をごちそうさせてくれないかしら！」

「…………えええぇぇっ!?　そんな、申し訳ないですよ!!」

貴重な休みの時間をいただいておいて、さらに晩ご飯までごちそうになってしまうわけにはいかないと、トーヤは全力で拒否した。

しかし、リリアーナは平然とした様子で答える。

「大丈夫よ！　いつも作り過ぎちゃうし、お店の人からサービスしてもらうことも多いから、材料も余っているくらいだし」

「しかも手料理ですか⁉　ただでさえ普段からお世話になっているのに、そのようなことをしていただくわけにはいきません！」

「子供が変な遠慮をしないの！　ほら、行きましょう！」

ぐいぐいと腕を引かれてしまえば、昼の時と同じでトーヤにはどうすることもできない。

悩みつつも、最終的にこれ以上の抵抗はむしろリリアーナに迷惑になってしまうと判断し、仕方なく彼女についていくことにした。


リリアーナの家に到着したのは、辺りが完全に暗くなった頃だった。

「さあ、入った、入った！」

「お、お邪魔いたします」

玄関前に到着するや否やトーヤは背中を押され、そのままリビングに通された。

リリアーナの家は平屋《ひらや》の３ＬＤＫ。リビングには六人が向かい合って座れるくらいに大きなテーブルが置かれている。

リビングに置かれている家具はシンプルなものが多く、その全てが使い込まれている。

トーヤをリビングに置いて、リリアーナはすぐに料理へ取り掛かる。

「座って待っていてちょうだいね」

「ありがとうございます」

リリアーナに言われた通りリビングの椅子に腰掛けたトーヤは、料理を始めたリリアーナの後ろ姿を眺める。

しかし、仕事外でも手持ち無沙汰になるのは嫌だと思い、すぐに立ち上がった。

「リリアーナさん、私に手伝えることはありませんか？」

「トーヤ君に？　うーん、ちなみに何ができるの？」

「料理は一通りできますよ」

「……えっ、そうなの？」

野菜の皮むき程度を想定していたリリアーナだが、答えはまさかの『一通りできます』である。

そのため驚きの声が漏れてしまったが、トーヤは気にせず続ける。

「はい。一人暮らしも長いですし、そうでなければやっていけなかったもので」

一人暮らしが長かったのは日本にいた頃の話なのだが、リリアーナがその事実を知るわけもない。

するとリリアーナは、トーヤが親を何かしらで亡くしてしまい、ずっと一人で生きて来たに違いないと勘違いしてしまった。

「……そっか。大変だったんだね、トーヤ君」

「いえいえ、そこまで大変ではありませんでしたよ」

トーヤは平然とした様子で言うが、リリアーナは真剣な目をしながら口を開く。

「強がっちゃダメよ」

「強がりというわけでは……」

「お料理は私がやってあげるから、安心して休んでいてちょうだい！　そうだ、ルービックキューブをしていたらいいんじゃないかしら！」

リリアーナは今まで大変な生活を送ってきたトーヤに手伝わせるわけにはいかないという、勘違いから生まれた使命感に駆《か》られ、強い口調で言い放った。

「……そ、それでは、そうさせていただきます」

そのままリリアーナに押し切られてしまったトーヤは、困ったような顔をしながら椅子に戻る。

そして言われた通りルービックキューブを触ることにした。

「うんうん、その方がいいわ！」

リリアーナは満足げに頷きながら、料理を再開する。

トーヤはルービックキューブに触れ始めた。


三〇分ほどが経った。

「できたわよ、トーヤ君！」

リリアーナはそう言って、料理をお盆《ぼん》に載せて運んでくる。

あっという間にテーブルには湯気を立てた大量の美味しそうな料理と、食器が並んだ。

「こ、こんなにたくさん、よろしいのでしょうか？」

トーヤが遠慮がちに聞くと、リリアーナは満面の笑みを浮かべる。

「もちろんよ。さあ、熱いうちに食べましょう」

「ありがとうございます。それでは、いただきます」

トーヤが最初に口へ運んだ料理は、具沢山のスープ。

まずはスプーンで具を避けてスープのみをすくい上げると、息を吹き掛けて少し冷ます。

その後ゆっくりと口に含み、スープの味を堪能する。

野菜の旨味が溶け込んでいるため、スープだけでも十分に満足のいく味わいだ。

続けて具をすくい上げ、口の中へ。

ほくほく温まった根菜が口の中で解れ、素材の優しい味わいが広がっていく。

「……とても美味しいです」

思わずそう言うと、リリアーナは笑みを浮かべる。

「うふふ。慌てないで、ゆっくり食べなさい」

トーヤは頷いて、メインの肉料理へ手を伸ばす。

ナイフを入れると、簡単に肉がほどけていき、口に入れると溶けるようになくなってしまう。

しかし、口の中に肉の甘みは残っており、後を引く美味しさだ。

「こちらもとても美味しいですね！」

「ありがとう」

トーヤが感想を口にするたび、リリアーナは笑みを深めて返答する。

そうしてトーヤは他の料理にも手を伸ばしていくが、どれも絶品のため手が止まらず、気づけば全ての料理を完食してしまっていた。

「ふぅ～……とても美味しかったです、ごちそうさまでした」

お腹いっぱいになるまで料理を堪能したトーヤは、リリアーナに頭を下げた。

そんな彼を見て、リリアーナは笑顔で頷く。

「満足してくれたみたいでよかったわ」

「片づけはお手伝いしますよ」

「ううん！　大丈夫だから休んでて！」

「……そうですか？」

いつかリリアーナにお返しをしなければいけないなとトーヤは内心で考えた。

しかし、リリアーナはそんな彼を見て言う。

「あれ～？　トーヤ君、私にお返しをしなきゃとか考えていたんじゃないの？」

「おや？　バレてしまいましたか」

「トーヤ君ならそう考えると思ったわ。でも、そういうのは必要ないから気にしちゃダメよ？」

「……かしこまりました」

自分の考えを見透かされてしまい、トーヤは苦笑しながら頷く他なかった。

リリアーナが食器を片づけてからおよそ一〇分後、トーヤは立ち上がり、言う。

「それでは私はそろそろ、お暇《いとま》しようと思います」

「それじゃあ、宿まで送りましょうか？」

「これでも道を覚えるのは得意なので、大丈夫です」

「そう？　うーん……分かったわ。でも、気をつけて帰るのよ？」

リリアーナは心配そうな顔をしているが、トーヤは気にせずに頭を下げる。

「はい。それでは、失礼いたします。今日は本当にありがとうございました」

「こちらこそ楽しかったわ。それじゃあ、また明日。お休みなさい」

トーヤはそのまま玄関を出て、宿に向けて歩き出した。

姿が見えなくなるまで玄関前で見送ってくれたリリアーナに感謝しながら、トーヤは一日を振り返る。

（それにしても、今日は本当に楽しかったです。とはいえ、仕事のやり過ぎには気をつけなければいけないようですね……）

確かに周りから頼られていたのは自覚していたが、やり過ぎとは思っていなかった。

特にリリアーナが職員を叱責《しっせき》してからは頼られる機会もかなり減ったため、本当に手が回らない時にしか声を掛けられなくなっていたのだ。

（私としては、鑑定や計算仕事の合間に多少手伝っている感覚だったのですが……もっと先輩たちの働き方にも目を向けなければなりませんね）

トーヤとしては多少の感覚でも、周りから見ればやり過ぎだと思われている。

その感覚の違いを修正しなければ、今後も今日のように急な休みを言い渡される可能性が高い。

トーヤは反省しながら帰り道を歩くのだった。

部屋に戻ったトーヤは、気持ちを切り替えて本日購入したものを袋から取り出していく。

「なんでも屋で見た時も思いましたが、やはりとても面白そうですね」

魔石の力を使い空中に幾何学模様《きかがくもよう》を浮かび上がらせる道具や、魔石と魔石を反発させて遊ぶおもちゃ——そして、日本にあったものとさほど変わらないパズルまで。

一つ、また一つと商品を確認してはアイテムボックスにしまっていき、トーヤの手には最終的に、馴染み深いルービックキューブが残った。

「……本当に懐かしいですねぇ。この世界に来た方は、他にも地球にあったものを作ってくれたのでしょうか」

その中にもしも日本由来のものがあれば手に入れたい。そう思うようになっていたトーヤは、これからもブロンのなんでも屋に通うことを決めた。

「……お休みをいただけたのは、そこまで悪いことではないのかも知れませんね」

そう結論づけ、思わず大きな欠伸《あくび》をするトーヤ。

「ふあああぁぁ……さて、そろそろ寝ますかね。でも、その前に」

手に持ったままのルービックキューブを回転させ、面をバラバラにしてからテーブルに置く。

その後両手をルービックキューブの左右に置いて、目を閉じた。

「…………スタート」

トーヤはそう口にしてから目を開け、ルービックキューブを手に取り、素早く回転させていく。

なんでも屋の時よりもさらに早く、真剣な面持ちで、彼は三〇秒も掛からずに六面全てを揃えてみせた。

「……よし、鈍《にぶ》ってはいないようですね」

満足したトーヤは、今度こそベッドに横になって目を閉じる。

「明日からも頑張りましょう」

そう呟いてからすぐ、トーヤは深い眠りに落ちていったのだった。

◆◇◆◇第五章：トーヤ、友達を作る◇◆◇◆

休みの日から二週間後、トーヤはいつも通り商業ギルドへ向かう道を歩いていた。

すると突然、背後から声を掛けられる。

「――おい！」

「……君、どうしたのですか？」

トーヤが『君』と口にしたのは、相手が見たことのない人物だったからだ。

彼の目の前にいるのは、八重歯《やえば》が特徴的な、茶髪の少年である。

「どうした、じゃねえよ！　お前、なんで商業ギルドに出入りしているんだよ！」

何故か怒りを露わにしている茶髪の少年に、トーヤは困惑しながら答える。

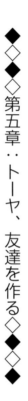

「なんで……まあ、働いているからですかね」

「そんなわけないだろ！　どうせお前、悪いことしてるんだろ！」

「ですから働いて――」

「本当のことを言いやがれ！　そうじゃねえと、お前がギルドの中で悪いことをしているって、バラしてやるぞ！」

トーヤは本当のことを言っているのだが、茶髪の少年は全く聞く耳を持ってくれない。

それどころか、トーヤが嘘をついていると往来《おうらい》のど真ん中で叫ぶ始末。

これはどうしたものかと少し考えたところで、すぐに解決策を見つけ、告げる。

「分かりました」

「ったく、最初から本当のことを言えば――」

茶髪の少年は納得したように頷くが、トーヤはそれを遮って続ける。

「一緒に商業ギルドまで行きましょう」

「……あん？」

「ですから、一緒に商業ギルドへ行けば、私の言っていることが嘘か誠《まこと》か分かるでしょう？」

トーヤの言葉に茶髪の少年は少しだけ顔を引きつらせたが、それでも強気な口調で答える。

「……い、いいぜ、行ってやるよ！　ふんっ！　俺が怖気《おじけ》づくとでも思ったか、ざまあみろ！」

茶髪の少年はトーヤを睨みつけながらそう言い放つと、商業ギルドの方へ歩き出す。

その背中を追いながら、トーヤは彼が何者なのか考える。

（私が商業ギルドに出入りしていたことを知っているということは、商業ギルドに来ていたということですよね？　ギルドに誰か知り合いでもいるのでしょうか？）

そこまで考えてから、トーヤは少年の立場が少し心配になってしまう。

茶髪の少年はトーヤに間違った言い分で絡んでいるため、もしギルドに知り合いがいれば、彼がその人に怒られてしまうと考えたのだ。

（私が彼のことを気にする必要はないのですが、子供ですし、少しだけ心配になってしまいますね）

そんなことを考えていると、あっという間に商業ギルドの前に到着してしまった。

「……お、おい！」

茶髪の少年は到着して早々に振り返り、やや声を震わせながらトーヤに詰め寄ってきた。

「はい、なんでしょうか？」

「い、今なら許してやる！　さっさと白状《はくじょう》しやがれ！」

「ですから、ここで働いていると何度も白状しているのですが……まあ、中に入れば白黒はっきりするでしょう。さあ、行きましょうか」

「あっ！　おい、ちょっと待てよ！」

茶髪の少年は慌てた様子で手を伸ばすが、既に歩き出したトーヤに触れることはできず、そのまま商業ギルドの扉が開いてしまった。

商業ギルドに入ったトーヤは、いつも通りにリリアーナと挨拶を交わす。

「あら、トーヤ君、おはよう」

「おはようございます、リリアーナさん」

「今日は珍しくゆっくりだったわね、どうしたの？」

「それが、見知らぬ少年に絡まれてしまいまして」

「……見知らぬ少年？」

リリアーナは首を傾げつつ扉の方へと視線を送る。するとその目に扉の外でうろたえた様子で立ち尽くしている茶髪の少年が映った。

「あら？」

「うっ⁉」

リリアーナの声に反応して、茶髪の少年は小さくうめいた。

「……なるほどねー。おーい、フェリちゃーん！」

「あっ！　ちょっと、やめて！」

リリアーナの言葉に茶髪の少年は大いに慌てふためいている。

事情を知らないトーヤがコテンと首を横に倒していると、すぐにフェリがやってくる。

「どうしたんですか、リリアーナさん？」

「あれ、見てみなさい」

「あれって……えぇっ⁉　ど、どうしてあんたがここにいるのよ——アグリ！」

フェリはリリアーナに指さされた方へ視線を向けると、大きな声でそう言った。

茶髪の少年——アグリは狼狽えながら答える。

「げえっ⁉　フェ、フェリ姉ちゃん！」

「……フェリ姉ちゃん？　姉弟《きょうだい》なのですか？」

トーヤはフェリとアグリを見比べ、思わず呟いた。

アグリはもうトーヤを気にも留めず、フェリの姿を見て後退《あとずさ》りしている。

フェリはそんな彼に向かって、大股で一歩ずつ近づいていく。

二人の距離が徐々に近づき、最終的には俯《うつむ》いてしまったアグリを、フェリが見下ろす形になった。

「何をしているの、アグリ！」

「ひいっ⁉　……こ、こいつが変な嘘を吐くからいけないんだ！」

フェリの怒鳴り声に一瞬だけ怯んだアグリだったが、すぐに言い返し、トーヤを指さした。

「こいつって、トーヤ君のこと⁉」

「いやはや、商業ギルドで悪事を働いていると疑われてしまいまして。事実を伝えようと、連れてきてしまいました」

トーヤは苦笑いしながら事情を説明した。

するとフェリは愕然としたのち、プルプルと震えながら再びアグリを見下ろし、睨みつけた。

「バカ！」

「な、なんでバカなんだよ！」

「トーヤ君は、れっきとした商業ギルドの職員よ！　鑑定士として働いているの！　とっても優秀なんだからね！」

「そ、そんなの絶対に嘘だね！　俺と同じくらいの奴が、そんなわけないっての！」

「あんた、私の言うことが信じられないって言いたいわけ⁉」

フェリがどれだけ説明しても、アグリは頑《かたく》なに認めようとしない。

すると、見かねたリリアーナが口を開く。

「アグリ君。フェリちゃんの言っていることは本当よ。トーヤ君はギルマスにも認められている鑑定士なんだからね？」

アグリは改めてトーヤを見つめ――

「……お、お前のせいだからな！」

「アグリ！」

フェリの注意を無視して、アグリは言葉を続ける。

「うるせえっ！　お前なんか、さっさと辞めさせられちまえばいいんだ！」

アグリはそう捨てゼリフを残して、駆けだした。

フェリはアグリの名を呼び続けたが、彼は振り返ることもなくギルドの外へ出ていってしまう。

商業ギルド内に沈黙が広がった。

トーヤはどうしていいか分からず、ひとまず謝罪の言葉を口にする。

「……えっと、なんというか、申し訳ありませんでした」

「……ううん、トーヤ君は何も悪くないわ。むしろこっちが謝らなきゃ、ごめんね」

ため息を吐きながら告げたフェリに、リリアーナが声を掛ける。

「フェリちゃん、ここはいいから、アグリ君を追い掛けていらっしゃい」

「リリアーナさん……でも、仕事が」

「あなたの仕事は、私が代わりにやっておいてあげるから」

「それなら私もお手伝いいたしますよ。彼を連れてきてしまった私のせいでもありますから」

リリアーナの言葉にトーヤも乗っかった。それから二人はフェリを見つめる。

「……あ、ありがとうございます！　いってきます！」

二人の気遣いに感謝しながら、フェリはアグリを追い掛け、駆け出していった。

「さて！　それじゃあ私たちはフェリちゃんの穴を埋めるため、頑張りましょう！」

「お手伝いいたします、リリアーナさん」

「あら、これでも私って仕事のできる女なのよ？　心配ご無用。困った時には声を掛けるから、それまでは自分の仕事をお願いするわね」

リリアーナは得意気な表情でそう言った。


朝礼も終わり、始業してから一時間後——商業ギルドは多くの人で賑わっていた。

リリアーナは様々な職員からひっきりなしに声を掛けられ、カウンター前で忙しそうにしている。

「リ、リリアーナさ〜ん！　確認したいことが〜！」

「はーい！　ちょっと待っててねー！」

「その次はこっちもお願いしまーす！」

「はいはーい！」

リリアーナはテキパキと仕事を処理しながらも、不満気に声を上げる。

「もう！　どうして今日に限って忙しいのよ！　在庫管理もしなきゃいけないのにー！」

リリアーナたちは知る由《よし》もないが、近くの街まで続く街道で落石事故があり、そのせいで通行止めをくらった商人が大量に商業ギルドを訪れていたのだ。

そのような状況の中、自身の仕事が一段落したトーヤはリリアーナの元へ行き口を開く。

「あの……在庫管理は私の方で請《う》け負《お》いましょうか？」

その言葉を聞いて、リリアーナは動きを止めずに答える。

「トーヤ君には在庫管理のやり方を教えていないし、無理でしょ！」

「いえいえ、古代眼を応用すればお手伝いくらいはできるのではないかと」

トーヤの説明を聞いたリリアーナは一瞬手を止め、彼を見つめる。

「……それ、本当なの？」

「本当です」

じっくり考えてから結論を出そうとしたリリアーナだったが、そんな暇もなく彼女に助けを求める声が響く。

「リリアーナさ〜ん！　お、お願いしま〜す！」

「あっ！　はーい！　……それじゃあごめんトーヤ君、お願いしてもいい？」

トーヤは、大きく頷く。

「かしこまりました。倉庫はあちらの部屋でしょうか？」

「そうよ！　商品ごとに棚が分かれているから、在庫を数えてメモしておいてちょうだい！　もし何か分からないことがあったら遠慮せず聞いてね！」

簡単に指示してから、リリアーナはトーヤを信じてカウンターへ走っていく。

「さて……今は鑑定カウンターに人がいませんし、急いで在庫確認をしてしまいましょうか」

トーヤはそう呟くと、やや早足で廊下を進み、倉庫へ入る。

「ほほう、なかなか数が多いですね。さすがは商業ギルドの倉庫というところでしょうか」

そんな感想を口にしながら、トーヤは部屋全体を視界に入れる。

山の中でアプルを鑑定した時のように、視界にさえ入っていれば古代眼が発動することを、トーヤは覚えていた。

そうして古代眼を発動させると、トーヤの目の前に複数のウインドウが浮かび上がる。

「……鑑定業務をしているうちに知りましたが、古代眼は視界に同じ種類のアイテムがいくつ入っているか、自動的に表示してくれるんですよね。実に便利です」

古代眼が発動するのは、あくまでも視界に入ったものに対してだけ。

しかし上手く室内の全てを視界に入れれば、倉庫にある在庫の全てを鑑定することができるのだ。

「では、数をメモしていきましょうか」

鑑定ウインドウを確認しながら、倉庫に置かれているものの名前と数を手早くメモしていくトーヤ。

念のため部屋を動き回り、鑑定結果に間違いがないか、丁寧に確認していく。

そうして全て確認し終えてから、トーヤは大きく頷いた。

「……よし、問題なさそうですね」

思いのほか早く在庫確認が終わり、トーヤは部屋を出て扉を閉めた。

ギルド内に視線を向けると、今もなおリリアーナが駆け回っているのが目に入る。

その姿を見て、トーヤはしばし思案する。

「……ふむ、どうしましょうかね」

在庫の扱いまではさすがに分からない。となれば、別の職員の仕事の手伝いをする方が効率的だとトーヤは判断した。

「リリアーナさん」

「どうしたの、トーヤ君？　何か分からないことがあった？」

声を掛けると、リリアーナは心配そうに答えた。

「いえ、こちらに在庫の数をメモしておりますので、あとでご確認ください」

「ありがとう！　って、……えぇっ!?　も、もう終わったの!!」

トーヤが在庫の数を記したメモをスッと手渡してきたせいか、リリアーナも一瞬さらりと流しそうになったが、ハッとして驚きの声を上げた。

「はい。鑑定カウンターに並んでいる人もいませんので、他の方の仕事をお手伝いしてきます」

「えっ！　あの、ちょっと、トーヤ君！」

「では、失礼いたします」

　本当に終わったか確認を取りたかったリリアーナだったが、トーヤはさっさと踵を返し、職員の元へ向かう。

　そんなトーヤを見てリリアーナはまだ子供である彼の姿に頼もしさを感じつつ、次の仕事へと移った。


　バタバタの一日だったものの、リリアーナやトーヤの活躍によって、商業ギルドは今日も問題なく終業を迎えることができた。

「…………お、終わったあああぁぁぁ～！」

　誰がそう口にしたのかは分からなかったが、一階フロアにそんな声が響くと職員全員がドサッと椅子の背もたれに全体重を預けて脱力した。

「あぁぁぁぁ～……疲れたぁ」

「リリアーナさん、お疲れ様でした」

　一人だけ普段と変わらない笑みを浮かべながら、トーヤがリリアーナにお茶を運んできた。

「ありがとう、トーヤ君」

「他の皆さんにも配ってきますね」

　そう言ってトーヤはその場を離れ、他の職員たちにもお茶を配っていく。

みんながお礼を言ってお茶を受け取る光景を、リリアーナは感心しながら眺めていた。

「トーヤ君もお疲れ様」

お茶を配り終えて戻ってきたトーヤに、リリアーナが声を掛けると、彼はニコリと笑って頷いた。

「ありがとうございます。それにしても……フェリ先輩、戻ってきませんでしたね」

「まあ、姉弟の話だから私たちが間に入れるわけでもないし、待つしかないわよね」

「そうかも知れませんね」

「そもそも私は一人っ子だし、兄弟《きょうだい》のことは良く分からないのよー」

「リリアーナさんもでしたか。実は、私もなのですよね」

一人っ子だったトーヤには兄弟喧嘩《げんか》の経験がなく、その解決策にも見当がつかなかった。

トーヤはそれからもリリアーナと軽い雑談をしながら、残った書類を軽く纏めていく。

すると突然、商業ギルドの扉が勢い良く開いた。

「皆さん、申し訳ございませんでした！」

大きな声でそう口にしギルドの中に入って来たのは、フェリだった。

彼女は職員たちに謝りながらリリアーナの元へ行き、改めて頭を下げた。

「リリアーナさんも、今日は急に休んでしまって、申し訳ありませんでした」

「こっちは大丈夫だから。それで、アグリ君は大丈夫だったの？」

何度も頭を下げるフェリに苦笑しつつ、リリアーナはそう声を掛けた。

「そ、それが……」

しかし、フェリは口ごもった。

リリアーナは少し考えた後、フェリを連れてフロアから少し離れた所にある職員用の個室へ。

トーヤはそんな二人を横目に仕事を片づけていき、それが終わると他の職員の手伝いをして回る。

そうして一人、また一人と職員は帰っていく。


終業時間から一時間ほどが経ち、最終的に商業ギルドにはトーヤだけが残っていた。

——ガチャ。

リリアーナとフェリが、部屋から出てくる。

二人は薄暗くなったフロアの中で、一人椅子に腰掛けていたトーヤを見て、目を見開いた。

「えっ！　ちょっと、トーヤ君⁉」

「なんでまだいるのよ⁉」

フェリとリリアーナが驚きの声を上げる中、トーヤはニコニコと笑いながら立ち上がる。

「お二人を待っておりました。とりあえずお茶を淹れますね」

そしてお茶を淹れ、二人の前に置いた。

「……トーヤ君、ありがとう」

「いえいえ、どういたしまして」

心底からのお礼が口から零れたフェリに、トーヤは変わらない笑顔を向けた。

「それにしても、どうして待っていたの？　先に帰っていてもよかったのよ？」

「フェリ先輩にはいつもお世話になっておりますし、そもそも私も関係している話ですから」

トーヤがそう答えると、フェリは両手で顔を覆いながら天を仰《あお》ぐ。

「……全く、後輩にここまで気を遣われるくらい余裕なく見えたかー、私ー」

「すみません、ご迷惑だったでしょうか？」

「そんなことないよ！　とっても嬉しかった、ありがとね、トーヤ君」

申し訳なさそうなトーヤを見て、フェリは慌ててそう言った。

その後小さく息を吸い込むと、改めてトーヤを見つめる。

「……それでってわけじゃないんだけど、トーヤ君に相談があるの」

「私にですか？　……助言ができるかは分かりませんが、伺《うかが》っても？」

兄弟喧嘩がどのようなものかも分からないトーヤは、相談に乗れるのかと少し不安に思う。

しかし、フェリの相談はそれについてではなかった。

「助言というか、アグリと仲良くしてあげてくれないかな？」

「アグリ君とですか？　私としてはやぶさかではありませんが、一体なぜでしょう？　というかそもそも彼は、私を嫌っているようでしたが」

体が子供になったトーヤとしては、スフィアイズに馴染むためにも同年代の子供と仲良くする必要があると考えている。

しかし、なぜかアグリは自分を敵視している。現状、友達になれる気はしていない。

トーヤの言葉を聞いたフェリは、悩ましそうに俯く。

「嫌っているというか、ライバル視しちゃっているのよねぇ。今日アグリがギルドに来たのも、それが原因なの」

「ライバル視ですか？　……あの、私、彼と出会ったのは今日が初めてなのですが？」

トーヤが首を傾げると、フェリは申し訳なさそうに続ける。

「アグリね、何度か私に会いに商業ギルドに顔を出していたのよ」

「仲の良い姉弟なのですね」

「どうかな。でね、その時に私と話をしているトーヤ君を見たらしいのよ」

それがどうしたのだろうとトーヤは思ったが、今度はリリアーナが言う。

「フェリちゃんとトーヤ君は、いつも仲良く話をしているものね。アグリ君はそれが気に入らなかったみたいよ」

「仲良くって、リリアーナさん。仕事の話をしていただけですよ？」

トーヤは思わずそう答えた。

すると、フェリが首を小さく横に振る。

「でもアグリはそう思わなかったみたいなの。そもそも自分と歳の近い子供が働いているのも信じられないみたいで……それで今日一日、言い争って終わっちゃった……」

フェリとは先輩と後輩として関わっていたつもりだったトーヤは、どこか申し訳ない気持ちになり、頭を下げる。

「……フェリ先輩には申し訳ないことをしてしまいましたね」

「トーヤ君が謝ることじゃないわよ！」

「ですが、私のせいで姉弟仲が……」

「だから、トーヤ君のせいじゃないんだってば！」

「はいはい！　二人して責任を取り合わないの！」

言い合いを始めてしまった二人を見かね、リリアーナは大きな声でそう言った。

そのおかげで、トーヤとフェリは何とか落ち着く。

「さて、トーヤ君。話を戻すけど、アグリ君のことをお願いしてもいいかしら？　トーヤ君に対する誤解が解ければ、今日みたいにアグリ君がギルドに来ることもなくなるし、フェリちゃんとの仲だって自然と元通りになるだろうからね」

改めてリリアーナが問い掛けると、トーヤは気を引き締め直して大きく頷いた。

「はい、もちろんです」

「……ありがとう、トーヤ君」

フェリが涙を浮かべながらトーヤにお礼を言うと、リリアーナがポンと手を叩く。

「よーし！　それじゃあ明日はトーヤ君、お休みね！」

「かしこまりました。……えっ？　えええぇぇっ⁉」

トーヤは流れで返事をしてしまったが、すぐにハッとして、驚きの声を上げた。

その後、思わずリリアーナの顔を見つめる。

「あの、えっと……お休みとは？」

「善《ぜん》は急げ、明日から早速アグリ君に猛《もう》アタックよ！　お仕事なんてしている場合じゃないわ！」

「いきなり過ぎませんかねえ⁉」

大きく慌てるトーヤに物珍しさを感じながらも、リリアーナは主張を変えない。

「フェリちゃんもアグリ君のことが落ち着くまでは心配で仕事も手につかないだろうし、トーヤ君には急ぎで頑張ってほしいのよ！」

「わ、私は大丈夫ですよ、リリアーナさん⁉」

リリアーナは立ち上がり、フェリにグイと近づく。

「いいえ、きっと心配で手がつかないはずだわ！　そうよね、フェリちゃん？」

有無を言わせない迫力を以てリリアーナがそう口にすると、フェリはゴクリと唾を呑み込みながら何度も頷いた。

「あの……脅しているように見えるのですが？」

その光景を見てトーヤは思わずそう言うが、リリアーナは笑みを崩《くず》さない。

「そんなことないわよ、トーヤ君！　それにそろそろトーヤ君に休みを与えなさいってギルマスに言われていてね。今日も頑張ってくれたわけだし、いいタイミングだわ」

「そんなことを言われていたのですか⁉」

「だってトーヤ君、結局あの二週間前の日からろくに休んでないじゃない！」

それは事実だったため、トーヤは何も言えなくなってしまう。

その様子を見て、リリアーナは満足そうに頷いた。

「もしも大変だったら、別のところでまた休みをあげるから、お願いね！」

「……かしこまりました」

「なんだかごめんね、トーヤ君」

「フェリ先輩のせいではありませんので。それに、私も同年代の友達が欲しいですからね」

トーヤが穏やかな口調で答えると、フェリは嬉しそうに微笑んで、口を開く。

「それじゃあ、明日は家にアグリ一人だから、来てくれるかしら？」

「い、いきなり家ですか？　それはさすがにハードルが高いのでは？」

やや不安そうな顔をするトーヤに対し、今度はリリアーナが言う。

「それなら、アグリ君はよく商業ギルドの前に来ているから、その時に声を掛けてみたらどうかしら？」

「……アグリ君とギルドで会うのなら、私が仕事を休む必要はないのでは？」

「トーヤ君の休みはギルマス命令だから、拒否権なしね」

「そんな強引な!?」

取り付く島もなく言われてしまい、トーヤは思わずツッコミを入れた。

しかしリリアーナは一切気にせず、大きく息を吸い込んだ。

「それじゃあ改めて、明日からみんな、頑張りましょー！」

「「……お、おー？」」

元気に拳を突き上げるリリアーナに釣《つ》られたように、トーヤとフェリも小さく拳を突き上げた。

トーヤとしては急な休みになってしまったが、同年代の友達を作るため、頑張ろうと決意しながら、商業ギルドをあとにしたのだった。

◆◇◆◇

翌日からトーヤは早速、【アグリと友達になろう作戦】を開始した。

リリアーナに言われた通り、午前中から商業ギルドの近くを散策していると、早速アグリを見つけることができた。

「……ふぅ、いきますか」

一度深呼吸をしてから、意を決し、アグリに声を掛ける。

「お、おはようございます！　アグリ君！」

「どわあっ⁉」

背後からの大声での挨拶は、アグリを非常に驚かせた。

アグリも大声を上げて振り返ったものの、トーヤを見るや否や、キッと睨みつけて走り去ってしまった。

「……し、失敗してしまいましたか」

それからというもの、一日を掛けてアグリを追い掛け回すトーヤだったが――挨拶や声掛けをするたびに走って逃げられてしまうのだった。

◆◇◆◇

翌日からトーヤはリリアーナに許可を取った上で、客がいないタイミングを見計らい、外にいるアグリへ積極的に声を掛けた。

しかし、いくら声を掛けても、やはり逃げられてしまう。

そんな日々が数日続き――とある日の終業後。フェリとトーヤは改めて作戦会議をすることにした。

「申し訳ないんだけど、やっぱり次のお休みの日、家に来てくれるかな？」

「それが良さそうですね」

いくら声を掛けてもアグリが逃げてしまうため、逃げられない状況を作ることにしたのだ。

「しかし、家に入れてくれるでしょうか？」

「朝の時間に来てくれたら、私と入れ替わりで入れてあげられるわよ？」

「なるほど、それがよさそうですね！」

トーヤが頷くと、彼女は懐から一枚の紙を取り出す。

「これ、私の家までの地図だから渡しておくね。商業ギルドからの道のりだけど、分かるかな？」

「……えぇ、これなら問題なさそうです」

地図を確認したトーヤはそう答えると、フェリに小さく頭を下げる。

「それでは次の休みの日の朝、お伺いいたしますね、フェリ先輩」

「ごめんだけどよろしくね、トーヤ君」

それからもう少し話をして、トーヤは帰路《きろ》についた。

◆◇◆◇

そうして迎えた休日。トーヤはフェリの家の前にいた。

フェリの家もリリアーナの家と同じで平屋の一軒家である。

彼女いわく、そこに両親とアグリの四人で住んでいるとのこと。

フェリの両親にはトーヤが来ることを事前に伝えているらしいが、アグリには伝えられていない。

トーヤは家の前で少し考える。

(さて、アグリ君は私を受け入れてくれるでしょうか)

何度も逃げられ続けたため、心配になるトーヤ。

だが彼がどのような反応を見せるのか、少しだけ楽しみだとも感じていた。

「では……」

――カランコロンカラン。

来訪者用のベルを鳴らすと、足音が近づいてくる。

「はーい」

出迎えた声が少年のものであったため、トーヤの緊張が高まる。

――ガチャ。

開かれた扉の向こうにいたのは案《あん》の定《じょう》アグリ。

あと一歩踏み出せばぶつかるだろう距離で、トーヤとアグリは目と目を合わせた。

アグリは一瞬キョトンとしたあと、大慌てでトーヤを指さす。

「………………な、ななななな、なんでお前が俺んちに来てんだよおおおおっ！」

「おはようございます、アグリ君」

「挨拶なんていいいんだ！　なんでお前が俺んちに来てんだって聞いてんだよ！」

アグリは怒声を響かせるが、トーヤは平然とした口調で答える。

「フェリ先輩にお呼ばれしたからです」

「お、俺は聞いてねえぞ！　おい、姉ちゃん！」

アグリは大声を上げながら、家の中に戻っていった。

しばらくすると言い合いをしながらアグリとフェリが玄関にやってくる。

「せっかく来てくれたんだから、家に入れなさいよ！」

事情を知っているフェリはそう言うが、アグリは頷かない。

「なんでだよ！　俺はこいつが嫌いなんだ！　入れるわけないだろうが！」

「もう！　ごめんね、トーヤ君。さあ、上がってちょうだい」

「それでは、失礼いたします」

アグリを無視して、トーヤは家に上がる。

「無視すんなよ！　ってかお前も入るなよ！」

トーヤはそんなアグリの声を気にすることなくリビングへ。案内されるまま椅子にちょこんと腰掛けた。

「お前、何しに来たんだよ！」

「それはですね――」

詰め寄ってきたアグリの質問に答えようとしたトーヤだったが、その前に彼とフェリの両親が口を開く。

「それじゃあ私たちは仕事に行ってくるわね」

「ゆっくりしていってくれ」

「お忙しい中お邪魔してしまい、申し訳ございません。ありがとうございます」

フェリの両親はトーヤの言葉を聞いて笑みを浮かべる。

その後テーブルに置かれている三つの弁当のうち二つをそれぞれ手に取ると、足早にリビングを出ていった。

残されたのはトーヤ、アグリ、フェリ。三人の視線はテーブルに残されているもう一つの弁当に集まっている。

「……なあ、姉ちゃん。この弁当、誰のだ？」

アグリの質問に、フェリは平然とした口調で答える。

「誰のって、私のだけど？」

「なんでだよ！　じゃあなんでこいつを呼んだんだよ！」

当然の主張をしつつテーブルをバンと叩いたアグリに対し、フェリは何食わぬ顔で言う。

「あんた、これからも商業ギルドまで様子を見に来るつもり？」

「うっ!?　そ、それは……」

「それも、私じゃなくてトーヤ君が本当にちゃんと働いているのかどうかを見るため、なんて名目で」

「……」

無言を肯定と捉えたフェリは、ため息を吐きながら弁当を手に取る。

「ギルドに迷惑を掛けるくらいなら、トーヤ君と一緒に留守番してなさい」

「意味分かんねえよ！　なんだよ、一緒に留守番って！」

アグリは怒りを口にしているが、トーヤもフェリも聞く耳を持たない。

「フェリ先輩、時間は大丈夫なのですか？」

「あっ！　もう出るわね！　トーヤ君、アグリのことよろしくね！」

「かしこまりました」

「よろしくってなんだよ！　なあ！　姉ちゃん！」

アグリは最後まで納得しなかったが、フェリは気にすることもなく家を出ていった。

その光景を眺めたあと、トーヤは頭をポリポリと掻きながら考える。

(さて……どのように交流を深めていきましょうかね。とりあえず、用意してきたものもあるにはあるのですが)

奥の手は本当に困った時に出そうと結論づけ、まずはアグリの様子を窺うことにしたトーヤ。

アグリはフェリが出ていった方をじっと見ていたが、やがてゆっくりとトーヤの方を振り返った。

「……帰れ」

「申し訳ありませんが、それはできません」

「なんでだよ！　お前は姉ちゃんに会いに来たんだろうが！」

「そうは言われましても……アグリ君のことを頼まれましたから」

「俺は頼んでねえよ！」

そう怒鳴ってから、アグリはドスドスと足音を立て歩き出し、そのまま自分の部屋に閉じこもってしまった。

「……いきなり一人にされてしまいましたね。さて、どうしたものでしょう」

トーヤは結局、しばらくは扉の前でアグリが出てくるのを待ってみることにした。

しかし、一〇分、二〇分……三〇分経っても、アグリは一向に出てくる気配を見せない。

仕方なく事前に考えていたアイデアを試すことにした。

(部屋から出てきてくれなければ、どうしようもありませんからね)

小さくため息を吐くと、トーヤは鞄に手を突っ込みながらアイテムボックスを発動させる。

そしてなんでも屋で買った、複数のピースを組み合わせることで完成する、木製の立体型パズルを五つ取り出した。

「一人になってしまいましたし、このパズルで遊びますかねー」

トーヤは扉の向こうにいるアグリにも聞こえるよう、大きな声でそう言った。

そして早速パズルに取り掛かっていく。

事前にフェリから、アグリがパズル好きだと聞いていたのだ。

そのため、こうすればアグリが出てくるのではと考えたのである。

「これを、こっちに……それで、これがこっちかな」

アグリにも伝わるように声を出しながら、一つ、また一つとパズルを完成させていくトーヤ。

そうして一〇分ほどトーヤがパズルに取り組んでいると、目の前から小さい物音がした。

顔を上げると、アグリが扉を少し開けてトーヤのことを見つめているのが目に入る。

「……アグリ君？」

自分で始めたこととはいえ、本当に効果があったことに、トーヤは少し驚いていた。

「……んだよ、さっさとやれよ」

アグリはむすっとした表情のままそう言ったが、続きが気になっているかのように体はそわそわしている。

「……そうですね、分かりました」

最初こそ驚きの声を漏らしたトーヤだったが、あくまで平然とした様子で作業を続ける。

「……おぉ、すげぇなぁ」

次々に完成していくパズルを見て、アグリの口から感嘆の声が漏れる。

トーヤは少し嬉しくなりながらもパズルを続け、すぐに持ってきた五つ全てを完成させた。

そして完成した五つのパズルを、アグリの前に並べる。

するとアグリは無邪気な笑みを浮かべ、部屋から出て来た。

「……お前、すげえなあっ！」

敵意などすっかり忘れたようなアグリを見て、トーヤは笑みを浮かべながら答える。

「いやはや、それほどでも」

「いや、すげえよ！　俺はこれ、一つもできねえもん！」

アグリは出来上がったパズルを見つめると、慎重にツンツンとつっつき始めた。

せっかく完成したパズルが崩れてしまうのを怖がるような動きに、トーヤは思わずクスリと笑ってしまう。

「崩してしまっても大丈夫ですよ。またすぐに完成させられますから」

「マジかよ!?　……マジですげぇなぁ」

それでも、アグリはなおも変わらず慎重にパズルを扱う。

その姿を見て、トーヤは優しい口調で言う。

「アグリ君だって、少し慣れればすぐにできるようになると思いますよ？」

「……いや、無理だよ。俺、バカだからさ」

トーヤの言葉を聞いた途端、アグリは悲し気な表情を浮かべた。

「……いえいえ、できるはずですよ」

フォローするようにトーヤは言うが、それでもアグリは首を横に振る。

「……できねぇよ」

どうしてここまで頑なに断定するのか、トーヤには分からなかった。

しかし、これはチャンスだと思い、アグリに近づいて言う。

「私が教えます。もしできなければ、私のせいにしてくれて構いません。どうでしょう、一度挑戦してみませんか？」

思わず強い口調でそう提案するトーヤ。アグリと仲良くなりたいという思いに加え、アグリにもパズルを解く喜びを知ってほしいと思ったが故に、熱が入ってしまったのだ。

そんなトーヤの圧を受けて、アグリは少し後退さった。

「……なんでお前、怒ってるんだよ」

「怒っていませんよ？」

「怒ってるだろうが！」

「いえいえ、怒っていません。それで、どうですか？　やってみませんか？　立体型パズル」

有無を言わせない迫力で、トーヤは五つの中でも一番簡単なパズルを崩し、アグリの前に突き出す。

アグリは僅かに躊躇いながらも、トーヤの迫力に負けて渋々パズルを受け取った。

「……で、どうしたらいいんだ？」

アグリが不安そうにそう聞くと、トーヤが答える。

「まずは適当にやってみてください。それから教えていきますから」

「……分かった」

そう言って、アグリはパズルに取りかかり始めた。

トーヤが手渡した立体型パズルは、合計で一〇枚のピースに分かれている。

これは一〇歳児くらいなら簡単にできる仕様になっており、アグリくらいの年齢なら簡単に完成させられるはずのものだった。

手を動かすアグリを見ながら、トーヤが尋ねる。

「アグリ君はパズルをどれくらいやるのですか？」

「……少し……でも全然できねえんだ……バカだから」

「……誰かがアグリ君のことをバカだと言ったのですか？」

「……周りの奴らは、みんなそう言うんだ」

「ふむ、私はそうは思いませんよ？」

思っていたよりもずっと速くパズルを組み立てるアグリを見て、トーヤは本心を口にした。

しかしアグリは苛立《いらだ》ちながら叫ぶ。

「……お前は、俺のことを、何も知らねぇだろうが！　だぁーっ！　やっぱりできねえよ！」

アグリは、七ピース目まではめられたパズルを片手に、頭をガシガシと掻いた。

トーヤはそのパズルを眺めて頷く。

「ここまでできたのなら、問題ありませんよ」

「何が問題ないんだよ！　できてねえじゃねえか！」

「ほら、まずはこれをはめてみてくれませんか？」

残る三つのピースのうちの一つをトーヤが手渡すと、アグリは渋々だが再びパズルに向き合う。

「……こうか？」

「いえ、右に少し回転させてください。このパズルは回転させることも必要なのです」

「回転……そんなことしていいのか？」

「いいんですよ。先ほどまでのアグリ君を見る限り、ピースを回転させるという発想自体持っていなさそうでしたが、やはりそうだったのですね」

パズルへの取り組み方や、トーヤを悪人だと勘違いしたことといい、アグリは一度思いついたことだけを信じすぎてしまうタイプだとトーヤは判断した。

しかし、それはアグリの理解力が低いというわけではない。

それどころか、アグリはトーヤのアドバイスを聞いて、すぐにピースを適切な角度に回転させた。

アグリは八ピース目をパズルにはめると――

「……はまった」

思わず呟いたアグリを見て、トーヤは満足げに微笑んだ。

「アグリ君は理解力が高いので、教える方も簡単で助かります」

「……おだてても何も出ねぇよ」

「本音を口にしただけですよ。では、先ほどの要領で残りの二ピースもやってみましょうか」

「……おう」

アグリは少しだけ照れたように九ピース目を受け取る。そして今度はトーヤの指示なくはめた。

すると最後の一〇ピース目は自分で手に取り、少し考えたあとにまたすぐはめ込んだ。

アグリがピースを奥まで押し込むと、かちりと音がなり、立体型パズルが完成する。

「……で、できた！　できたぞ！」

「おめでとうございます、アグリ君」

嬉しそうに笑顔を弾けさせたアグリを見て、トーヤも祝福の言葉を発した。

自分が叫んだことに気づいたアグリはすぐにハッとして、少し恥ずかしそうに返事する。

「…………お、おう」

「それじゃあ他のパズルも試してみませんか？　挑戦ですよ、挑戦」

「……よし、やってやるよ！」

トーヤの提案に、アグリは元気いっぱいに返事をした。


それから昼過ぎまで、アグリはパズルに没頭していた。

その横でトーヤもどうすればパズルが完成するのかを丁寧に教え続けた。

その甲斐があり、アグリは三つのパズルを完成させることができたのだ。

だが四つ目のパズルを半分ほど組み立てたところで、アグリは叫ぶ。

「……だあぁぁ〜！　これは、無理だああああっ!!」

アグリが現在挑んでいるのは、日本の大人でも音《ね》を上げてしまうかも知れない難度のパズルである。

それをここまで組み上げたことに、トーヤはむしろ驚きすら感じていた。

「ここまでできるなんて……さすがに予想外でした。アグリ君のことをバカだと言った方々は、君の本質を理解できていなかったのでしょうね」

アグリが三つ目のパズルで音を上げるだろうと、トーヤは考えていた。

その予想を良い意味で裏切られた形だ。

トーヤは笑みを浮かべる。

「あまり長く続けても疲れますし、少し休憩しましょうか」

その言葉にアグリは手を止め、小さい声で呟く。

「……ごめんな」

「急にどうしたのですか？」

「……俺、ずっと周りからバカ、バカって言われてきたんだ。だから、同じくらいの歳で働いているお前も、俺のことをバカ扱いするんだって、勝手に思ってて」

アグリは俯きながら、弱々しく言葉を続ける。

「それに姉ちゃんもお前を気に入っているみたいだし、俺なんかいなくてもいいのかなって……」

「何を言っているのですか」

トーヤはアグリが周囲からどのように扱われているのかは知らない。

だが、短い付き合いではあるものの、フェリのことなら少しだが知っている。

だからこそ、口を挟むことにした。

「フェリ先輩が、実の弟をいなくてもいいと考える人だと思うんですか？」

「……思わない」

「私もそう思います。ですから、そのような悲しいことを口にしてはいけませんよ？」

「……うん」

真剣な面持ちで語るトーヤを見て、アグリはやや涙ぐみながら頷いた。

その後、アグリの気持ちが落ち着くまでトーヤは一言も発さず、静かに彼のことを見守っていた。

「…………ぐすっ！　ごめん、もう大丈夫だ！」

一分ほど経って、鼻をすすり、涙を拭ったアグリは快活な笑みを浮かべながらそう口にした。

「本当ですか？」

「おう！　……ってか、今までのこと、マジでごめん！」

「謝罪はもう結構ですよ」

「いや、でも……」

「今はもう、友達ではないですか」

トーヤが何気なくそう口にすると、アグリは少し頬を赤くし、目をキラキラと輝かせた。

「とも、だち……」

「おや？　違いましたか？」

「ち、違わない！　おう、友達だ！　へへっ！」

アグリは頬を掻きながら嬉しそうに笑う。

それを見て、トーヤは呟く。

「ふふ、青春ですね」

「……つーか前から気になったんけど、お前、本当に子供か？　言葉遣い、変だぞ」

「……友達になったばかりなのに、酷《ひど》い言いようですね」

そう言いつつ、トーヤ自身も自分のような話し方をする子供は変かも知れないと感じている。

とはいえ言われっぱなしも面白くない。トーヤは悪戯っぽい笑みを浮かべる。

「……ふふふ、気づかれてしまいましたか」

「んっ？　何にだ？」

「実は私、子供ではないのですよ」

「……はっ？　お前、何を言ってんだ？」

「本当は私、前世の記憶を持っていまして。中身は大人なのですよ」

「…………はい？」

アグリはポカンとしながら言う。

「……お前、マジで何を言ってんだ？」

「……おや？　騙《だま》されてくれませんでしたか」

トーヤがそう言って微笑むと、アグリはハッとしてから顔を赤くした。

「騙されるか！　お前、やっぱり俺のことバカにしているだろう！」

「あはは、そんなことはありませんよ？」

「んだよっ！　……ってか、お前でもそんな冗談を言うんだな」

「言いますとも、これでも子供ですよ？」

それから二人は、顔を見合わせて笑い合った。

こうしてトーヤに、スフィアイズでの初めての友達ができた。


アグリがパズルに疲れ、休憩している最中、トーヤはルービックキューブを取り出した。

そしてアグリの前で六面を揃えてみせると、彼は興奮した様子で、ルービックキューブにも興味を持った。

今度はルービックキューブを教えようかというところで、アグリのお腹が鳴った。

「そういえば腹減ったなー。飯食おうぜ、飯！」

「おや？　それでは私はそろそろ失礼した方がいいかも知れませんね」

昼食までごちそうになるのはさすがに失礼かと思っての発言だったのだが、直後にアグリが怪訝な表情を浮かべる。

「はっ？　なんでだ？　一緒に食べないのか？」

「……よろしいのですか？」

「当たり前だろうが！　……まだ帰るには早すぎるだろ……」

アグリは最初こそ大声を上げるも、そのボリュームは徐々に小さくなっていった。

そのため最後の部分が聞き取れず、トーヤは尋ねる。

「申し訳ありません、アグリ君。最後の方が聞き取れなかったのでもう一度――」

「べ、別にいいっての！　それよりも昼飯、一緒に食べようぜ！」

「では、ご一緒させてください」

聞き取れなかった言葉は気になるものの、トーヤは深く考えずそう口にした。

それから、ふと気になったことを聞く。

「そういえば、アグリ君は普段お昼はどうしているのですか？」

「いつもは自分で用意するかなー」

「料理されるのですか！　それはすごいですね！」

驚いたトーヤはそう言うが、アグリはあっけらかんとした顔で首を横に振る。

「いや、料理なんてできねえぞ！」

アグリの言葉に、今度はトーヤが首を傾げた。

その様子を見て、再度アグリは口を開く。

「いつも家にあるものをそのまま食べたり、適当に焼いたりしてるんだ。腹に入ればどれも同じだろ？」

「違いますよ！」

「……ど、どうしたんだ？　いきなり？」

「おっと……大変失礼いたしました」

思わず声を荒らげてしまったトーヤは、一つ咳《せき》払いをする。

「ごほん！　……確かに私も昔は、アグリ君と同じ考えを持っていました」

「昔って、お前、俺と同じくらいの年だろ？」

アグリの的確なツッコミに、トーヤは一瞬たじろぐ。

「……そ、そうですけれど！　それより！　どうせ食べなければならないのであれば、美味しい方がいいとは思いませんか？」

トーヤが誤魔化すようにそう言うも、アグリは大して気にしていない様子で言う。

「まぁそりゃそうだけどよー、母ちゃんみたいに美味い飯は作れないしなー」

「これでも私、多少は料理ができます。もしよければ、一緒に作ってみませんか？」

「マジで⁉　いいのかよ！」

トーヤの提案を受けて、アグリは嬉しそうな声を上げる。

そしてトーヤの手を引いて、台所へ。

それからアグリは様々なところから食材を集め、言う。

「いつもはだいたいこんなのを食べてるな。これで何かできるか？」

目の前にある食材は卵、葉野菜、そしてパンだ。

トーヤは献立《こんだて》を考えつつ、アグリに質問する。

「ふむ……ちなみにアグリ君はいつもどのようにしてこれらを食べているのですか？」

「ん？　焼いて食べてるけど？」

「……あ、味付けは？」

「味付けってなんだ？」

これは重症だなと思いつつ、まずは味付けをするだけで美味しくなるのだと教えることにした。

（さて、どんな調味料があるのか分かりませんし、こっそりと鑑定をしていきましょうか）

台所には調味料と思われる白い粉や黒い粉などが置かれている。

トーヤがそれらを鑑定すると、名前や味についての情報が表示される。

（塩にコショウ、他にもハーブに似たものもあるようですが……今回は塩コショウだけあれば問題ないでしょう）

トーヤが作ろうとしているのは、味付けをした具材をパンに挟んで作る、サンドイッチである。

棚に置いてあったまな板やナイフ、食器類を用意してから、トーヤは口を開く。

「それではまずアグリ君は卵を器に割り入れて、かき混ぜてくれますか？」

「なんで？」

「なんでって、その方が美味しくできるからです」

アグリは首を傾げながらもトーヤの言う通り、卵に手を伸ばす。

その間、トーヤは葉野菜を挟みやすいよう手でちぎったり、何枚かは千切りにしたりした。

するとアグリはトーヤの手元を見て感心したようで、手を止めてしまう。

「アグリ君、卵をお願いいたしますね」

「わ、分かってるよ！」

トーヤの言葉にアグリはハッとしてから、慌てて卵をかき混ぜる。

それを横目に、トーヤは、フライパンに油を引いてからコンロに火を点《つ》けた。

コンロは火を発する魔道具を使って作られたもので、日本のものとデザインがかなり近い。

そのため、トーヤにも問題なく使用できる。

フライパンが温まったのを確認してから、トーヤはアグリから溶《と》き卵の入った器を受け取る。

そしてそこへ塩を少々と千切りにした葉野菜を加えて再び混ぜ合わせ、フライパンに注ぎ込んだ。

——ジュウウウウゥゥ。

卵が焼ける音が鳴り響き、美味しそうな匂いが広がる。

トーヤの隣で、アグリはごくりと涎を呑み込んだ。

「……ま、まだか？」

「パンに挟むので、もう少ししっかり焼きましょうか」

「……分かった」

アグリはトーヤの言葉に素直に頷く。

それから少しして、トーヤは箸《はし》で突っつきながら卵が十分な硬さになったのを確認すると、火を止める。

そしてパンを上下に分かれるように半分に切ると、その上に手でちぎった大きめの葉野菜、卵焼きを載せた。

「できましたよ、アグリ君」

「早く食べようぜ！」

「ふふ、分かりました、食べましょう！」

トーヤが用意していたお皿にサンドイッチを載せると、アグリがそれをテーブルに運ぶ。

そして二人は並んでテーブルに座り、サンドイッチを頬張《ほおば》った。

「……ん………」

「ど、どうでしょうか、アグリ君？　我ながら上手くできたと思うのですが？」

一口頬張ったあとから無言になってしまったアグリを見て、トーヤは恐る恐るといった感じで問い掛けた。

「……んぐ。美味い！　これ、マジで美味いよ！」

「おぉ！　本当ですか！」

「マジだって！　卵ってあの粉を入れて焼くだけでこんなに美味くなるのか？」

自分にもできるかも知れないと思い、アグリは食べながらトーヤに質問してきた。

「そうですよ。ですが、入れすぎは良くありません、逆効果です。なので、最初は少しずつ入れていって、自分が美味しいと思える量を見きわめた方がいいかも知れませんね」

「分かった！　自分で作る時はそうするわ！」

満面の笑みを浮かべるアグリを見て、トーヤも作った甲斐があるな、と満足気な表情を浮かべた。

そして、自分も食べ進める。

「……我ながら、美味しいですねぇ」

葉野菜はシャキシャキしているし、卵焼きの塩辛さもちょうど良い。

それから二人はあっという間にサンドイッチを完食してしまった。

「あー、美味かったー！」

「それはよかったです」

お腹をさすりながら笑うアグリを見て、トーヤも大満足だった。


「さて、それではそろそろお暇を……」

食事が終わり、使った食器類を片づけ終えたあとでトーヤがそう言うと、アグリは寂し気な表情を浮かべた。

そんなアグリを見て、トーヤは苦笑しつつ言う。

「……では、商業ギルドでのフェリ先輩のお話をしましょうか？」

「あっ！　それ聞きたい！　マジで聞きたい！」

アグリが予想以上の食いつきを見せたので、トーヤはフェリの仕事ぶりを語り始めた。

フェリはアグリから見れば大好きな姉であり、トーヤから見れば頼れる先輩だ。

途中からはアグリも自慢の姉を語り、話は大いに盛り上がった。

アグリにとってパズルやルービックキューブで遊んだり、二人で料理をしたりした時間も楽しかったが、フェリについて語らう時間は何より思い出に残った。


気づけば、夕日が差し込む時間になっていた。

トーヤが窓を見ると、アグリが呟く。

「もう、帰るのか？」

「はい。フェリ先輩やご両親もそろそろ戻ってくると思いますし、さすがに長居し過ぎました」

「姉ちゃんも会いたいと思うぜ？　待っていればいいのに」

「いえいえ、ご家族団らんの時間をお邪魔するのは良くないですからね」

「んー、そんなもんか？」

「ええ、そんなものです」

アグリは残念そうな表情を浮かべるが、これ以上引き留めるのも悪いと思い、口を閉じた。

それからトーヤが立ち上がり、玄関の前まで来たタイミングで、アグリは口を開く。

「な、なあ！」

「はい、なんでしょうか？」

「……ま、また、遊んでくれるか？」

「もちろん。お仕事のない日になら、いつでも」

「そっか……その、ありがとな……トーヤ」

恥ずかしそうに、そして僅かに視線を逸らしながらではあったが、アグリは初めてトーヤの名前を呼んだ。

トーヤは嬉しさのあまり、子供らしく満面の笑みを浮かべながら答える。

「こちらこそありがとうございます、アグリ君」

こうして、トーヤはフェリの家をあとにしたのだった。

◆◇◆◇

翌日、商業ギルドでいつも通り朝礼が終わったあと、すぐにフェリがトーヤの元へと駆け寄ってきた。

「トーヤ君！　昨日は本当にありがとう！」

ガシッと両手を掴みながらそう口にするフェリに対し、トーヤは柔和な笑みを浮かべる。

「いえいえ、私としても初めての友達ができて、感謝しております」

「感謝するのはこっちの方だよ！　家に帰ったら、アグリから私に声を掛けてくれたの！　トーヤ君がとってもいい奴だったって言っていたわ！」

とても嬉しそうに、そして幸せそうなフェリを見て、トーヤの心も温かくなる。

「そうでしたか。うん、それはとてもよかったですね」

「ええ！　トーヤ君、本当に……ほんっとうにありがとう!!」

両腕をぶんぶんと上下に振られてしまい、トーヤの小さな体は大きく揺れる。

「はいはーい。フェリちゃん、そろそろ仕事の準備に入ったらどうかしら？」

このままでは埒《らち》が明かないと思ったのか、リリアーナがトーヤとフェリの間に入った。

フェリは慌てて彼の手を離す。

「はっ！　ご、ごめんね、トーヤ君！」

「いえいえ、謝ることではありませんよ」

「アグリ君と仲直りできたのは嬉しいけど、もうすぐ仕事だからね」

リリアーナの言葉を聞いてハッとしたフェリは、勢い良く頭を下げる。

「は、はい！　失礼します！」

早足で自分の持ち場へ戻っていくフェリ。

その姿を見送りつつ、トーヤも鑑定カウンターへ向かう。

すると、何故かリリアーナもついてきた。

「……あの、何かありましたか？」

トーヤが尋ねると、リリアーナは興味深げに笑う。

「うふふ。どうやってあのアグリ君と友達になったのか聞きたくってね」

「普通に接して、普通にお友達になっただけですよ？」

トーヤとしては本心を口にしたつもりだったが、リリアーナは納得していない。

「それができないのが、普通の子供なんだけどなー」

「それは、私が普通の子供ではないと言っているのですか？」

「あら、怒っちゃった？」

「……いえ、そういうわけではありませんよ？」

どちらかと言えばドキッとした、というのがトーヤの本音だった。

子供であるアグリには冗談で前世について話したが、大人であるリリアーナにその話をするわけにはいかない。

ここは怒ったと思ってもらった方がいいかと思い、トーヤは顔をリリアーナから逸らしてみた。

「あっ、ごめんね、トーヤ君！　ほら、機嫌直してよー！」

「ですから怒っていません。では、仕事がありますので失礼いたします」

「もーう！　あとでちゃんと教えてねー！」

リリアーナがついて来なかったことに内心でホッとしつつ、トーヤは鑑定カウンターに行き、昨日入った依頼に目を通し始める。

「……ふむ、昨日はそこまでお客様は多くなかったようですね」

書類を一通り確認すると、トーヤはすぐさま仕事を始める。

一枚、また一枚と書類がめくられていく様は圧巻《あっかん》で、近くの職員だけでなく、鑑定カウンターの前を通る職員すら注目するほど。

しかし当のトーヤはそれに気づかず、黙々と作業を進めていく。

やがて書類仕事を一通り終えると一息吐く。

「…………ふぅ、こんなところですかね！」

「「「早っ⁉」」」

「えっ？　どうしたのですか、皆さん？」

彼の仕事が早いのは商業ギルドでは周知の事実だったものの、今回はいつもの比ではなかった。

そのため、職員たちは驚きの声を上げたのだ。

「い、いやー、いつにも増してトーヤ君の仕事が早くて……」

職員を代表してフェリはそう口にした。

トーヤは少し考える。

「……ふむ、昨日パズルをたくさんやったことで、頭が冴《さ》えているのかも知れません……ふふ、今日は仕事がはかどりそうですね」

そんなトーヤの言葉が周りにも聞こえていたのだろう、呆れた視線が彼に集まる。

「さて、昨日休んだ分、今日はしっかり頑張りましょう！」

トーヤは気合いを入れ直し、机に向かうのだった。

◆◇◆◇第六章：トーヤ、創建祭《そうけんさい》を楽しむ◇◆◇◆

トーヤがアグリと友達になった日から、二〇日が経過した。

今はお昼の休憩時間である。

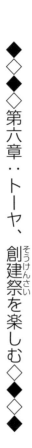

フェリといっしょに別室で休んでいると、トーヤは興味深い話題を耳にした。

「――創建祭、ですか？」

そう尋ねるトーヤに、フェリが笑顔を向ける。

「ラクセーナが創建された日を記念した、年に一度の大きなお祭りがもうすぐ開かれるんだ！」

「なるほど、だから徐々に忙しくなってきているのですね」

増え始めていた客足と会計書類を思い出し、トーヤは頷いた。

すると、フェリも困ったように頷く。

「創建祭に限らず、お祭りが近づいてくると人が増えるし、どうしても忙しくなるのよね」

「分かります。ほとんどのお店が書き入れ時ですからね」

「……トーヤ君、よくそんな難しい言葉を知っているわね」

「……難しい？　どの言葉がですか？」

フェリが感心したように声を掛けたが、トーヤはピンと来ず、首を傾げてしまう。

二人の間に微妙な空気が流れたので、トーヤは話題を変えることにした。

「……ま、まあ、そういうことでしたらミスがないよう、より一層気をつけて仕事に取り組まなければなりませんね」

すると、フェリが思い出したように手を叩く。

「そうそう、あとからギルマスかリリアーナさんからも説明があると思うけど、創建祭当日はトーヤ君、お休みを取ってもらうからね！」

「えっ！　……そうなのですか？」

トーヤは驚きの声を上げた。

「トーヤ君くらいの年頃の子でも、働いている子はたまにいるわ。でもどの職場でもお祭りの時は忙しくとも子供は元気に遊ばせようってことになっていてね。お祭りの時は子供にお休みを与えるって街のルールまであるんだ」

フェリの説明を受けて、トーヤは創建祭当日はどうしようかと考える。

「……ちなみに、創建祭はいつなのでしょうか？」

「五日後ね」

トーヤはフェリの言葉を受けて、休憩中であるにもかかわらず、ふんっと気合いを入れた。

「では、それまでは今まで以上に頑張らなければなりませんね！」

「トーヤ君はすでにものすごく頑張っているんだから、これ以上頑張らなくてもいいんだよ！」

「いえいえ、休みをいただけるのであれば、その前に頑張るのは当然です！」

「……ほ、本当に普段通りでいいからね？」

胸を張って立ち上がったトーヤを見て、フェリはやや表情を引きつらせながらそう口にした。

休憩後も客足が衰《おとろ》えることはなかった。

そして終業を迎えた今、トーヤは満足気な笑みを浮かべていた。

「ふぅー、良く頑張りました」

どこか嬉しそうに語るトーヤを見て、周りの職員は苦笑する。

そんな時に二階からジェンナが現れ、トーヤに声を掛けた。

「トーヤ、少しだけいいかしら？」

「仕事も終わりましたし、大丈夫です」

「うふふ、今日も早いのね」

トーヤの仕事ぶりに感心しつつ、ジェンナが用件を口にする。

「五日後にある創建祭の日、お休みを取ってもらいたいのよ」

「休憩中にフェリ先輩からお聞きしました。私としては仕事をするのもやぶさかではありませんが、本当によろしいのでしょうか？」

ジェンナはその言葉を聞いて、深く頷く。

「大丈夫よ。むしろ、トーヤを働かせる方が問題だわ」

「そうなのですか？」

「もう聞いたかも知れないけど、一二歳以下の子供たちをお祭りの日に休ませるのは、街で決められたルールなの。もしも働かせていることがバレてしまったら、罰則《ばっそく》を与えられてしまうわ」

罰則まであると言われてしまえば働けないな、とトーヤは納得する。

その様子を見て、ジェンナは他の職員たちに視線を向ける。

「そういうわけだから、みんなは創建祭当日、しっかり働いてちょうだいね」

「「「はい！」」」

◆◇◆◇

創建祭に備えていつもより必死に日々の仕事をこなしていたトーヤだったが、あまりに頑張りすぎたせいで、創建祭前日の昼過ぎには、できる仕事がなくなってしまった。

「これは、どうしたものでしょうか」

鑑定カウンターに座り、客が来ないかと入り口をボーッと見ていると、フェリが声を掛けてくる。

「ねえ、トーヤ君。今ちょっとだけ時間いいかな？」

「構いませんが、どうしましたか？」

トーヤが了承すると、フェリはホッとした様子で口を開く。

「明日の創建祭なんだけど、予定は決まったのかな？」

フェリの質問に対して、トーヤは首を横に振った。

「実のところ、どうしたものかと悩んでおります。一人で楽しむのもいいかと思うのですが、街の地理にもそこまで詳しくないですし……」

頭を掻きながらトーヤが答えると、フェリは一つの提案を口にする。

「それじゃあさ、アグリと一緒に見て回ってくれないかな？」

「アグリ君とですか？　なるほど、その手がありましたか！」

友達ができたとはいえ、トーヤの中ではいまだ仕事が生活の中心だ。

そのため、トーヤはアグリを誘うという考えに行きつかなかった。

「あの子、どうせ家の中で一人お留守番しているはずだし、どうかな？」

「おや？　アグリ君は創建祭を見て回らないのですか？」

トーヤの問いに、フェリは困ったような顔をして言う。

「私としては一人でも見て回ってもらいたいんだけど、あまり外に出たがらないのよね」

「それはまたどうしてでしょうか？」

「うーん……なんていうか、同年代の子たちとあまり仲が良くないみたいなの」

フェリの言葉を聞き、トーヤはアグリが口にしていたことを思い出した。

（確か、周りの人たちからバカだと言われていると聞きましたが、そのせいでしょうか？）

パズルにおける呑み込みが良かったこともあり、トーヤはアグリにそのような印象は持っていない。

とはいえそれを置いておいても、周りのせいでアグリが外に出たがらないのは、友達として見過ごせなかった。

「分かりました。では本日、アグリ君をお誘いするため、ご自宅に伺ってもよろしいでしょうか？」

「もちろんだよ！　よろしくね、トーヤ君！」

嬉しそうにそう答えて、フェリは足取り軽く自分の仕事に戻っていった。

「友達を誘ってのお祭りですか……それはなんともまあ、楽しみですね」

日本にいた頃は誰かを遊びに誘うなんてほとんどしたことがなかったので、トーヤは胸を弾ませていた。

仕事を終え、フェリの家に到着したトーヤ。

フェリが玄関の扉を開けると、その向こうにはアグリが立っていた。

「トーヤ！　お、俺と、創建祭に行ってくれないか!!」

アグリは開口一番でそう言い、頭を下げた。

トーヤはいきなりのことで少し戸惑いながらも、なんとか口を開く。

「……えっと、私もそれをアグリ君にお願いしようと思っていたところでして……」

「ほ、本当か!?　やった！　ありがとな、トーヤ！　姉ちゃんも！」

「……姉ちゃんも？」

アグリの言葉に違和感を覚えたトーヤがフェリを見ると、彼女は小さくウインクした。

「実は今日の朝、家を出る前にアグリに頼まれていたのよ。創建祭の話がしたいから、トーヤ君を家に連れてきてほしいってね」

「アグリ君と既に話をつけていたのですか？　それならそうと言ってくれればよかったのに」

「トーヤ君の驚く顔が見たかったんだ」

フェリのちょっとしたドッキリに引っ掛かった形ではあったが、このような楽しいドッキリであれば悪くはないな、とトーヤは思う。

すると、驚いた顔でアグリが言う。

「えっ！　トーヤ、姉ちゃんから何も聞いていなかったのか？」

「実はそうなのですよ。アグリ君を創建祭に誘ってくれないかと提案され、それが一番楽しそうだと思いましたので、お邪魔しただけなのです」

家まで来た経緯をトーヤが説明すると、アグリは顔を赤くしていた。

そんな彼の耳元で、フェリが囁《ささや》く。

「アグリと一緒が一番だって。よかったね、アグリ」

「う、ううう、うるせえな！」

「あれー？　アグリ、顔が赤くなってるよー？」

フェリにからかわれ、ますます顔を赤くしたアグリは、怒鳴るように叫ぶ。

「うるせえってば！　ト、トーヤ！　明日は朝から一緒に創建祭に行くからな！　忘れるなよ！」

「かしこまりました。それでは明日の朝、また伺いますね」

トーヤがそう言うと、アグリは顔を赤くしながらも、朗《ほが》らかな笑みを浮かべる。

アグリに微笑み返しつつ、トーヤは腰を折る。

「それでは、遅くなりすぎて明日寝坊してもいけませんし、そろそろ失礼いたしますね」

「そう？　晩ご飯に誘おうと思っていたんだけど？」

フェリの言葉に、トーヤはゆっくりと首を横に振った。

「それはまた後日でお願いいたします。今日お邪魔してしまうと……帰りが遅くなってしまいそうなので」

「確かにアグリもトーヤ君がいたら遅くまで話し込んじゃいそうだしね」

フェリがそう言うと、トーヤは小さく笑った。

「アグリ君、フェリ先輩、それでは失礼いたします」

「おう！　また明日な！」

「ありがとう、トーヤ君」

アグリとフェリに手を振って、トーヤはその場をあとにする。

（明日の創建祭、とても楽しみですね）

仕事中もそうだったが、今もなお胸が弾んでいるのは、トーヤも友達と一緒に出掛けるのが楽しみで仕方がない証拠だろう。

トーヤは宿に戻るとすぐに体を洗い、急いでベッドに入ったのだった。

◆◇◆◇

創建祭当日の朝。

トーヤは約束通り朝からフェリの家へ向かい、ベルを鳴らした。

しばらくすると玄関の扉が開き、パジャマ姿のアグリが姿を現す。

「おはようございます、アグリ君」

「……早くねぇか？」

アグリは瞼《まぶた》をこすりながらそう口にした。頭にはしっかりと寝癖《ねぐせ》がついている。

トーヤが苦笑いを浮かべていると、アグリの後ろからフェリが姿を見せる。

「おはよう、トーヤ君。アグリ、今日が楽しみで昨日の夜、なかなか寝付けなかったみたいなの」

「フェリ先輩も、おはようございます」

トーヤの挨拶を横目に、アグリがフェリに食ってかかる。

「ちょっと、姉ちゃん！　わざわざ言うなよ！　子供っぽいって思われるじゃないか！」

「本当のことでしょー」

二人のやり取りを見ながら、トーヤは微笑む。

「楽しみに思ってくれていたなら、私としてはとても嬉しいですけれどね」

「そ、そうか……!?　へへっ……」

トーヤの言葉を聞いて、アグリは表情を一変させ、照れくさそうに頬を掻いた。

その様子を見て、フェリは小さくため息を吐く。

「全く、この子は。今日はアグリのこと、よろしくお願いね、トーヤ君」

「街を歩くとなると、私の方がお世話されるかも知れませんけどね」

「おう！　俺が案内してやるからな！」

街の地理をまだいまいち理解していないトーヤからすれば、アグリの言葉は頼もしかった。

「それでは行きましょう……と言いたいですが、準備に時間が必要ですよね」

トーヤはアグリの姿を改めて見てから、そう言った。

すると、アグリは慌ててリビングの方へと足を向ける。

「よしっ、すぐに準備するから待っててくれ！　姉ちゃんはトーヤと喋っててくれな！」

「こらっ！　外で待たせるなんて、失礼でしょ！」

フェリの言葉に返事すらせず、アグリは家の奥へと駆けていった。

「ちょっと、アグリ！　……全く、あの子はもう！」

「元気があるのはいいことですよ、フェリ先輩」

フェリをなだめるように、トーヤはそう口にした。

それからトーヤはフェリと軽く世間話をしていたのだが——アグリは五分もしないうちに準備を終わらせて玄関に戻ってきた。

「待たせたな！」

「おぉ、本当にすぐでしたね」

アグリの言葉通り、たった五分で寝癖を直し、着替えまで終わらせていた。

トーヤは満足そうに口を開く。

「それでは今度こそ行きましょうか。創建祭はもう始まっているようですし」

トーヤはここに来る道中、街を歩く人々や出店を多く目にしていた。

「創建祭は朝早くから色々な出店がやっているもんね」

「ええ、活気がありました」

「トーヤ、行こうぜ！」

すでに行く気満々のアグリがトーヤの手を引く。

フェリはそんな二人を見て、大きく手を振る。

「いってらっしゃい！　アグリ、トーヤ君！」

「「いってきまーす！」」

こうしてトーヤは、人生初の創建祭へアグリと一緒に繰り出した。


アグリと共に大通りへ出たトーヤは、周囲の華やかさに目を奪われていた。

ラクセーナの街並みは元々綺麗ではあったが、祭りのために飾《かざ》り付けられ、さらに華やかになっていた。行き交う人々の歓声《かんせい》が街を活気づけている。

「おぉーっ！　やっぱり創建祭はすげえなあっ！」

現地人であるアグリも、周囲を見回し、楽しそうにそう口にした。

トーヤは思わず頷く。

「本当に素晴らしいですね」

「小遣《こづか》いももらったし、食べ歩きしようぜ！」

「お金を使うことがあまりなかったので、いい機会をいただきました」

アグリは驚いた顔でトーヤを見つめる。

「マジかよ！　俺は小遣いが足りないって、毎日思ってるぞ!?」

「私は宿代を除けば、本当に雑貨《ざっか》くらいにしかお金を使いませんからね」

「飯は？」

「宿のサービスに食事も含まれているので、基本は食堂でいただいております」

「マジか！　好きなもん食い放題ってことか⁉」

どうやらアグリは食に興味を持つようになったらしい。

それに気づいたトーヤは、小さく笑ってから聞く。

「料理は上手になりましたか？」

「少しはな！　でもまだトーヤみたいに上手く調理できないから、母ちゃんに教えてもらってるぜ！」

「おぉ、それはよかったです」

アグリが自分の料理をきっかけに食に目覚めてくれたことが、トーヤは思いのほか嬉しかった。

「ご飯の話をしていたら、お腹が空きました。早くいきましょう」

「お、そうだったな！」

こうしてトーヤとアグリは歩き出した。

そして気になった出店では料理を購入して食べ歩く。

アグリはまだ食べ終わっていない料理を右手に持っているのに、新しい料理を買うため、何度か料理を落としそうになることも。

トーヤは面白おかしくその様子を見守りつつ、屋台飯に舌鼓《したつづみ》を打つのだった。

時間が経つのはあっという間で、気づけば正午を回っていた。

街の人通りは朝より増えており、かなり移動しにくい。

トーヤたちは少し休憩を取ることにする。

「……腹いっぱいだ」

アグリは手近なベンチに腰掛け、お腹をさすりながらそう口にした。

トーヤは微笑みながら口を開く。

「あれだけ食べればそうなってしまいますよ」

口調こそ窘《たしな》めるようなものだが、トーヤもとても楽しい時間を過ごせたと感じていた。

しかしそんな二人に対して、突如として悪意を含んだ声が掛かる。

「あれ？　バカがいるぞー！」

「本当だ！　姉ちゃんに頼りっきりのバカだー！」

その言葉を口にしたのは、灰髪と赤髪の少年二人組だ。

いつの間にかトーヤたちの前に立っていた彼らは、アグリを指さして、バカにするように笑っている。

アグリは先ほどまでの楽しそうな表情はどこへやら、俯いてしまった。

トーヤは目の前の彼らこそが、アグリをバカにしている少年たちなのだと理解する。

「姉ちゃんの金で美味いもん食べてんじゃねえぞ！」

「バカは祭りに来ないで家にいろよ！　姉ちゃんがかわいそうだろ！」

「……ぐっ！」

少年たちは口々に悪口を言うが、アグリはただ黙って俯いたままだ。

どうやらアグリは彼らに上手く言い返せないのだと、トーヤは察した。

アグリの代わりにトーヤが立ち上がる。

「バカと言う方がバカなのではないでしょうか？」

「お前、誰だよ！」

「見ない顔だな！」

声を荒らげた少年たちに対して、トーヤは普段と変わらない声音で淡々《たんたん》と答える。

「誰と言われましても、アグリ君の友達ですが？」

その様子が癪《しゃく》に障《さわ》ったのか、少年たちは大股でトーヤに詰め寄ってくる。

「バカの友達だって？」

「それならお前もバカってことだな！」

バカという言葉が、彼らにとって相手を一番貶《おとし》める言葉なのだろうとトーヤは感じた。

その感覚に内心呆れながらも、反撃に出る。

「ふむ、ではお聞きしますが、何を根拠にあなた方は私やアグリ君のことをバカだと仰っているのでしょうか？」

「根拠とか知らねえよ！」

「バカはバカなんだからな！」

そう言って笑う二人に対し、トーヤは嘆息する。

「であれば、あなた方もおそらくバカなのでしょうね」

「「なんだと！」」

トーヤが自分を庇っているのだと分かり、アグリは思わず顔を上げた。

「……トーヤ」

トーヤはアグリをチラリと見て、淡々とした口調で続ける。

「私は自分のことも、アグリ君のことも、バカだと思ったことは一度もありません。ですので、君たちが何を根拠にバカだと口にしているのか、それを知りたいのですよ」

「だ、だから根拠なんて——」

態度を崩さないトーヤを見て、少年たちは少し後退さった。

トーヤは追い詰めるように、グイと距離を詰める。

「それではアグリ君をバカだと思う理由を教えてくれませんか？　それくらいはさすがにありますよね？」

「そ、それは……こいつがいつも姉ちゃんの金を使って——」

「家族がどのようにお金を使うのかは、その人が決めることでしょう。君たちは自分でお金を稼いでいるのですか？　そのお金で創建祭を楽しんでいるのですか？　であれば素晴らしいことですが、だからと言ってアグリ君をバカにしていい理由にはなりませんよね？　どうなのでしょうか？」

まくし立てると、黙ってしまう。

そこで、トーヤはふと一つのことに気づく。

（……この子たち、先ほどから姉ちゃん、姉ちゃんと、フェリ先輩のことばかり出してきますね）

そう考え、トーヤは一つの仮説を立てる。

その上で、カマを掛けてみることにした。

「……もしかして君たち、フェリ先輩のことが好きなのではないですか？」

「「なっっ!?」」

少年たちは一気に顔を赤くした。

彼らとは対照的に、素《す》っ頓狂《とんきょう》な声を漏らすアグリ。

「……は？」

少年たちの反応を見て、トーヤはさらに早口で続ける。

「うんうん、確かにフェリ先輩は可愛らしいですし、君たちが好きになる気持ちも分かります。だからといって、弟であるアグリ君を苛《いじ》めるのはどうかと思いますよ？」

灰髪の少年は、顔を真っ赤にしながら大声で叫ぶ。

「う、うるせえな！　お、お前には関係ないだろ！」

「友達をバカだと言われたんです。関係ないわけないでしょう。それにフェリ先輩とは同じ職場ですし」

トーヤの指摘に、今度は赤髪の少年が声を荒らげる。

「こ、こここ、こいつの姉ちゃんはもっと関係ないっての！」

すると、周囲を歩く人々の視線が集まる。

「なんだ、なんだ？」

「子供たちの喧嘩みたいだな」

「あれ？　でもあの子って、鑑定士の子じゃない？」

トーヤはそんな声を気にすることもなく、再度口を開く。

「何度でも言いますが、アグリ君をバカにするのをやめてくれますか？　やめないなら、バカだという明確な根拠を示していただけないと、私としては納得ができません」

「ふ、ふざけんな！　こいつ、黙れよ！」

耐えきれなくなった赤髪の少年が、ついに拳を振り上げた。

周りの大人たちが止めようとしたが、間に合わない。

トーヤ自身も咄嗟《とっさ》のことで体が動かなかった。

（あっ、殴られる！）

トーヤはそう思い、思わず目を閉じて衝撃に備えた。

――ドカッ！

鈍い音が響く。しかしその出所はトーヤではない。

ゆっくりと目を開いたトーヤが見たものは、彼の前に立つアグリの背中だった。

「……あ、アグリ君！」

「……いってぇなぁ」

赤髪の少年の拳はアグリの頬に当たっており、彼の口からは血が流れていた。

「……お、お前が悪いんだぞ！　いきなり飛び出してくるから！」

「そ、そうだ！　お前が悪い――」

少年たち二人が必死に言い訳していると、周囲の人混みから女性が二人出てくる。

「そんなわけないだろ！」

「何してんだい、あんたたちは！」

「「か、母ちゃん⁉」」

やって来たのは、少年たちの母親だった。

「創建祭の真っただ中で何をやっているんだい！」

「めでたい日なのに、台無しじゃないか！」

怒鳴り声を上げながら睨みつける母親たちに対し、赤髪の少年は口を尖《とが》らせる。

「そ、それは俺たちじゃなくてあいつが――」

「「言い訳はおやめ！」」

「「ご、ごめんなさあああい!!」」

少年たちは母親に怒鳴られて涙目になっている。

トーヤは思わず呟く。

「……えっと、これはどういうことでしょうか？」

「……俺が知るか。ってかいってぇな」

「あっ！　大丈夫ですか、アグリ君！」

トーヤは、心配そうな顔でアグリの顔を見た。

「大丈夫、軽く切っただけだから」

「で、ですが、私のせいでアグリ君が怪我《けが》を……」

自分が出しゃばらなければこんなことにはならなかったと、トーヤは心底反省していた。

だが、アグリは首を大きく横に振る。

「……いや、これは俺のせいだ。俺がただ黙ってあいつらの言葉を聞いていたから、トーヤが怒ってくれたんだろう？」

「それは、そうですが……」

「ありがとな、トーヤ」

アグリは痛みを堪《こら》えながら、トーヤに心配させまいと、満面の笑みを浮かべた。

それを見てトーヤも思わず自然と笑みを浮かべる。

その笑顔は年相応の、子供らしいものだった。

そんなタイミングで、少年たちの母親が声を掛けてくる。

「大丈夫かい、アグリ君？」

「うちの子が本当にごめんね！」

二人共心底アグリを心配していた。

「お、俺は大丈夫です！」

アグリがそう言うと、母親たちは申し訳なさそうにする。

「トーヤ君もごめんね」

「あの子たちには私たちからガツンと言っておくからね！」

「おや？　私のこともご存じなのですか？」

アグリはともかく、少年たちの母親が自分を知っていることに、トーヤは驚く。

母親たちはやや芝居がかった口調で説明する。

「商業ギルドに突如として現れた凄腕《すごうで》の鑑定士！」

「それが実は子供だった！　なんて噂《うわさ》が流れているのよ！」

「なんと、そうだったのですね。しかし……私、凄腕ではありませんよ？」

「凄腕というか、なんか変だよな、トーヤは」

そう口にしたアグリに、トーヤはジト目を向けた。

「ちょっとアグリ君、それはどういう意味でしょうか？」

「言葉通りの意味だけど？」

「むむ、解《げ》せませんね」

トーヤとアグリのやり取りを見て母親たちは小さく笑ったが、改めて眉根《まゆね》を寄せる。

「アグリ君、病院に行くかい？」

「うちの子が怪我させたんだ。お金はもちろん払うよ？」

「本当に大丈夫です！　その、気にしないでください！」

アグリはこの後も創建祭をトーヤと楽しみたいと考えていた。

ここで病院に連れていかれては、時間が勿体ないとすら思っている。

「そうかい？　本当にすまないね」

「ほら！　あんたたちもちゃんとアグリ君とトーヤ君に謝るんだよ！」

アグリの言葉に母親たちは頷き、少年たち二人をトーヤとアグリの前に連れてきた。

「……その、ごめん」

「……もう、バカって言わない」

少年たちはアグリと目を合わせないようにしつつ、謝罪を口にした。

しかし、すぐに母親の一人が怒鳴る。

「ちゃんと目を見て！　頭も下げるんだよ！」

そう言われると二人は慌てて正面を向き、勢い良く頭を下げた。

「「本当にごめんなさい！」」

さすがにそこまでされると相手が少しかわいそうになってきて、アグリは小さく頷く。

「もういいよ。でも、これからは悪口を言わないでくれ。それと、トーヤのこともだ」

「……分かった」

「……本当に、ごめん」

「もういいって。トーヤもいいよな？」

「もちろんです。私は別に何もされていませんからね」

「それじゃあ俺たちは創建祭を楽しんでくるので、失礼します！」

「では私も失礼いたします」

最後にアグリとトーヤがそう口にすると、母親たちは笑顔で見送ってくれる。少年たちも申し訳なさそうにしながらも小さく手を振ってくれた。

その光景を見て、これで少年たちがアグリのことをバカにすることはなくなるだろうと、トーヤは内心安堵したのだった。


昼を過ぎ人通りも僅かに落ち着いた頃、今度は街の至る箇所で、創建祭を盛り上げる出し物が行われるようになった。

手品や大道芸、魔法を使った出し物まであり、トーヤもアグリとそれらを見てまわり、そのたび無邪気に歓声を上げた。

そうしていくつかの出し物を巡り終えたタイミングで、トーヤは口を開く。

「そう言えばアグリ君、魔獣というのは人間を襲う生き物ではないのですか？」

そう口にしたのは、魔獣を使ったパフォーマンスを見たからである。

女神から人間を食らう魔獣もいると聞いていたので、疑問に思ったのだ。

トーヤの質問を聞いて、アグリは少し考え、答える。

「スキルを使って操《あやつ》っているんじゃねえかな？」

「スキルというと、私の古代眼のようなものですよね？」

「そうそう。スキルには色んな種類があるからな。魔獣を操るスキルもあったはずだぞ」

トーヤは転生前、女神に一〇〇〇以上のスキルを見せてもらったことを思い出した。

あれほどスキルがあるのなら、魔獣を使役できるスキルがあるのも納得できる話である。

トーヤが頷いたのを見て、アグリが口を開く。

「よし、それじゃあ次はどこ行く？」

「おっと、そうですね……そろそろ日が隠れてきましたが、アグリ君は時間、大丈夫ですか？」

薄暗くなってきた空を見上げながらトーヤは尋ねた。

遅くなりすぎてはフェリや両親が心配するのではないかと思ったのだ。

だが、アグリは満面の笑みを浮かべながら口を開く。

「何言ってんだよ！　創建祭は夜が本番なんだぜ！」

「そうなのですか？」

トーヤは心が躍るのを感じる。

「まあ、それも完全に空が暗くなってからだから、まずは晩ご飯を食おうぜ！」

「かしこまりました。では参りましょうか」

トーヤが頷くと、アグリはすぐに前方を指さした。

「なあ！　あれ、美味そうじゃないか！」

「おぉ、確かにそうですね！」

そして二人は、出店の方へと駆けていく。

（友達とお祭りを巡るのをこれほど楽しく感じるとは……いやはや、私もまだまだ子供ですね）

日本にいた頃は友達と遊ぶことなどほとんどなかったトーヤは、お祭りの楽しさを存分に感じつつ微笑んだのだった。


トーヤとアグリはその後、再度出店を巡ったのち、出し物を見て回った。夜の出し物は昼とはまた違い、光を生み出す魔法なんかもあり、二人は大いに満足した。

そんなことをしているうちに、夜遅い時間になった。

「よーし、そろそろだな！」

「アグリ君、夜になるといったい何が始まるのでしょうか？」

夜が本番としか聞かされていないトーヤは、首を傾げて尋ねた。

アグリは片頬だけ上げて、言う。

「空を見ていれば分かるぜ！」

「……空、ですか？」

トーヤがアグリに示された方の空へ視線を向けると――

――ドンッ！　ドンドンッ！

大音量を響かせながら、大量の光が暗くなった空を明るく染める。

「……これは、もしや！」

「花火って言うんだぜ！」

暗い空を明るく照らし出したのは、花火だった。

花火の形は大きく広がる菊《きく》や牡丹《ぼたん》、パチパチと音を響かせる花雷《はならい》など、トーヤが日本で見てきたものと全く同じだった。

「……不思議なものですねぇ」

「だよな！　これを魔法でやってるんだから、ラクセーナの魔導師はマジですげえよ！　見ろよ、もっと派手になるから！」

アグリが興奮して声を上げた瞬間、今度はラクセーナの街のマークの花火が打ち上がる。そしてその周りに色とりどりの光が散る。

それらは空を動き回り、街のマークを囲うように円を作った。

「おぉ、花火が動いていますね！」

「あれも魔法なんだ！　すげえよな、魔法は！」

再度花火が打ち上がる。それは街のマークを四角く囲う。

空一面にラクセーナのマークが描かれた旗《はた》がはためいているような、とても幻想的な光景である。

「なんて美しいのでしょうか」

「だろ！　だろ!?」

「……日本とスフィアイズの文化の融合と言ったところでしょうか。本当に美しく、素晴らしいです」

その呟きは、花火の大音量によってアグリにも、周囲の人にも聞こえてはいなかった。

だが、異世界と日本の文化が融合した目の前の光景に、トーヤが大きな感動を覚えたのは確かだった。


花火も終わり、いよいよ創建祭も終盤だ。

出店も徐々に閉まり始めたため、トーヤとアグリは帰宅の途《と》につく。

「今日は本当に楽しかった！　ありがとな、トーヤ！」

屈託《くったく》なく笑うアグリに、トーヤは笑みを返す。

「私の方こそ、とても楽しい一日を過ごさせていただきました」

その時、通りの向こうから二人を呼ぶ声が聞こえてくる。

「おーい！　アグリー！　トーヤくーん！」

「あっ！　姉ちゃんだ！」

フェリが二人を迎えに来てくれていたのだ。

「おかえりなさい、創建祭はどうだった？」

「めっちゃ楽しかった！　こんなに楽しかったのは、初めてだ！」

「あら？　でもアグリ、口のところ、怪我してない？」

アグリの頬の辺りは痣《あざ》になっていた。

フェリから軽く目を逸らしながら、アグリは口を開く。

「あー、実はよそ見してて屋台の柱にぶつかっちゃって、それで口の中をちょっと切ったんだ」

「えぇっ！　大丈夫だったの？」

「全然大丈夫！　これくらいへっちゃらだって！」

「本当なの？　トーヤ君、アグリは何か危ないことしてなかった？」

アグリのことが心配になったフェリは、確認のためトーヤにも声を掛けた。

嘘を吐いたということは、アグリは心配を掛けたくないのだろうとトーヤは判断した。

その気持ちを尊重しようと思い、トーヤは答える。

「屋台にぶつかったこと以外は、とても楽しい一日でしたよ」

「そうなの？　……それならいいんだけど」

フェリは少し怪訝に思ったものの、トーヤにまでそう言われてしまえば頷くしかない。

トーヤは小さく微笑み、口を開く。

「それでは私はこの辺で。アグリ君、今日は本当にありがとうございました」

「帰るの？　宿まで送っていくわよ？」

フェリはそう言うが、トーヤは首を横に振る。

「ここから宿までは近いですし、大丈夫です。それよりも、早く家に帰ってアグリ君の怪我を見てあげてください。アグリ君、大丈夫だからの一点張りで、処置しようとしないのです」

「うふふ、アグリの自業自得だけど、分かったわ」

アグリが大丈夫だと口にしていても、フェリとしてはやはり心配だったのだろう。

素直に頷いた。

そのまま帰ろうとするトーヤを、アグリが呼び止める。

「なあ、トーヤ！」

「どうしましたか、アグリ君？」

アグリはトーヤの元に駆け寄り、声を潜めて言う。

「……誤魔化してくれてありがとな！」

「構いませんよ。アグリ君のおかげで、最高の一日を過ごせたのですからね」

そう口にしたトーヤの肩に、アグリは腕を回す。二人は満面の笑みを浮かべた。

知り合って間もない二人とは誰も思わないだろう。もしかすると長年一緒にいる親友だと思う人の方が多いかも知れない。

そのくらい、二人の笑顔は晴れやかだった。

「……ヤバ、泣けてきちゃうよ」

アグリを見て、フェリはそう口にして人知れず涙を拭う。

トーヤの初めての創建祭は、大満足の一日になったのだった。

◆◇◆◇

創建祭の翌日。

この日は子供が多少遅刻しようと、どの職場でも目をつむるものなのだが、トーヤは普段と変わ

らず、いや、普段よりも少し早くギルドに着いていた。

昨日休みだったため、仕事が溜まっているのではと考えたからである。

トーヤが商業ギルドのドアを開け、室内に入ると、ジェンナの姿が目に入る。

「おはようございます、ジェンナ様」

「おはよう、トーヤ。昨日はあまり楽しめなかったのかしら？」

さすがのトーヤも今日ばかりは遅く出勤するだろうと予想していたジェンナは、心配そうに聞いた。それに対し、トーヤは首を横に振る。

「いえ、とても楽しい一日を過ごさせていただきました。ラクセーナに来て、一番楽しい一日だったかも知れません」

「その割りには、いつもよりも早く出勤しているみたいだけれど？」

「休みは休み、仕事は仕事ですからね」

休日に楽しんだからといって仕事に遅刻していいわけではないと、トーヤは考えている。

ジェンナは周囲に人がいないことを確認すると、小さな声で言う。

「随分しっかりしているのね。トーヤ、あなたは別世界では何歳だったのかしら？」

「おぉ、言われてみればお伝えしていませんでしたね。三五歳です」

「だから落ち着いた話し方をしていたのね」

納得した顔をするジェンナを見て、トーヤはやや苦笑しながら答える。

「お兄さんともおじさんとも言われてしまう年齢ですよね。私の場合は見た目から年上に見られることも多く、小さい子供からおじさんと言われることも多かった気がします」

「前の世界でも、今のように仕事ができたかしら？」

「仕事ですか……どうでしょう。無理をしていた自覚はあるのですが、仕事ができていたのかと問われると、自信はありませんね」

決められた時間内で最大限の成果を出せる人間こそ、仕事ができるとトーヤは考えている。

その考え方にのっとると、サービス残業ばかりしていた自分は、仕事ができるとはお世辞《せじ》にも言えないと感じていた。

だからこそ、スフィアイズでは目の前の仕事に、可能な限り全力で取り組もうとしているのだ。

「そこはよっぽど大変な職場だったのね」

「今となっては分かりません。ですが、確実に言えることが一つだけあります」

「あら、何かしら？」

トーヤはジェンナに向けて、穏やかな笑みを浮かべながら答える。

「職場の雰囲気、同僚たち、それらは間違いなく商業ギルドの方が良いと思いますよ」

トーヤの答えを聞いたジェンナは、満足気に微笑みながら頷いた。

「うふふ、トーヤにそう言ってもらえていると知ったら、みんなも喜ぶと思うわ」

「……いえ、内緒でお願いします。恥ずかしいですから」

「言わないわよ。そもそもトーヤが別世界の人間だというのも、私とギグリオしか知らないのだからね」

「……あぁ、確かにそうでしたね」

トーヤはそう口にして、ジェンナと二人で笑い合った。

それから二人は仕事を始める。

少しすると、徐々に職員が出勤してきた。

普段と何も変わらない職員もいれば、仕事終わりに創建祭へ繰り出したのか、疲れた表情の職員もいる。

これは毎年のことのようで、ジェンナも今日だけは二日酔いの職員すら大目に見ていた。

そうして職員全員が集まると、ジェンナはいつも通り朝礼を始める。

「昨日はみんな、お疲れ様。まだ疲れやお酒が残っている人もいるでしょうけど、お客様に迷惑を掛けないよう、仕事にあたるようにね」

「「「はい！　よろしくお願いいたします！」」」

こうして日常に戻ったトーヤは、今日も鑑定カウンターに立ち、仕事をこなしていくのだった。

◆◇◆◇第七章：トーヤ、便利な道具を提案する◇◆◇◆

通常業務に戻ってから三日後、トーヤは休みをもらった。

創建祭で休みをもらったので、トーヤはもっと働いてもいいと思っていた。

しかしジェンナに創建祭の休みは、通常の休みとは別枠なだけだと強く言われてしまい、スケジュール通り、休みをもらうこととなったのだ。

「……さて、何をしましょうかねぇ」

呟きながらトーヤは通りを散策し、少し考えてから目的を決めた。

「……新しい商品が入荷していないか、ブロンさんのお店にでも顔を出してみましょうか」

そうしてブロンのなんでも屋に足を向けようとした――その時である。

「おっ！　トーヤじゃんか！」

「おや？　アグリ君ではないですか」

向かい側からアグリが手を振り、満面の笑みを浮かべながらやってきた。

「お前、今日は仕事じゃないのか？」

「今日はお休みなのですよ。それで、何をしようかと考えながら歩いていました」

「そうなのか？　なら、俺と一緒に遊ぼうぜ！」

思わぬ誘いに少し戸惑いつつ、トーヤは聞く。

「ですが、よろしいのですか？　歩いていたということは、何か用事があったのではないですか？」

「いいや？　俺はただブラブラしていただけだけど？」

それならば気遣う必要もあるまい。トーヤはアグリの提案を受けることにした。

「それでは遊びに出掛けましょうか」

「マジか！　ありがとよ！」

「それで、どこに連れて行ってくれるのですか？」

「えっ、知らないけど？　トーヤが連れて行ってくれるんじゃないのか？」

「「…………えっ？」」

二人は、顔を見合わせながらコテンと首を傾げる。

トーヤは転生してきたばかりで、アグリも友達と呼べる者が今までいなかったため、二人とも友達と遊ぶ場所を知らないのだ。

トーヤは少し考え、口を開く。

「……では、私が行こうとしていた場所に向かいましょうか」

「おっ！　どこどこ？」

「ブロンさんのなんでも屋です」

「もしかしてそこって、トーヤがパズルを買ったところか？」

「その通りです」

トーヤの答えに、アグリは目を輝かせながら言う。

「俺も新しいパズルが欲しくて探してたんだけど、中々いいのが見つからなくてさ！　そこ行こーぜ！」

「それでしたら、早速向かいましょう」

「おう！」

こうして二人は歩き出した。

楽しそうなアグリを見て、トーヤは言う。

「もしもお店にパズルがなければ、私が持っているものをお譲りしましょうか？」

「それはダメだ！　ちゃんと小遣いももらってきたし、別のお店に行って自分で買うよ」

「そうですか？　でも私はもう完成させて遊ばなくなったパズルがたくさんあって、荷物になってしまっているのですが……」

本当はアイテムボックスがあるので荷物になるということはないのだが、有益に使ってもらえるならと思い、トーヤはそう答えた。

しかし、アグリは首を横に振る。

「……いや、いいよ。もらってばかりじゃ、友達として対等じゃないからな！」

アグリはそう口にして、明るい笑みを浮かべる。

トーヤはその言葉にハッとさせられる。

「……確かに、その通りですね。失礼いたしました」

「なんでトーヤが謝るんだ？」

「なんとなく、ですかね」

「変な奴だなぁ。まあ、それがトーヤなんだろうな！　最初から変な奴だったし！」

「……それは非常に心外ですね」

冗談を交わしながら楽しく歩いていると、ブロンのなんでも屋が見えてきた。

「アグリ君、あちらのお店ですよ」

「へぇー。なんか、いい感じだな！」

「そうですよね。では、中に入りましょうか」

なんでも屋に入ると、アグリは感嘆の声を上げる。

それを見てトーヤも嬉しくなる。

「おや？　トーヤじゃないか。今日はお友達と一緒かい？」

カウンターでのんびりしていたブロンが、二人を見つけて声を掛けた。

「お久しぶりです、ブロンさん。はい、今日は友達と一緒に来ました」

「あ、アグリと言います！」

「アグリ？　……あぁ、もしかしてフェリちゃんの弟君かな？」

「えっ？　あの、はい、そうです」

名前を知られていることを不思議に思いつつ、アグリはそう答えた。

ブロンはその様子を見て、小さく笑いながら説明する。

「フェリちゃんがよく君のことを話していたからね、それで名前を覚えていたんだ」

「あの、ブロンさんはフェリ先輩と付き合いがあるのですか？　リリアーナさんではなく？」

トーヤが以前なんでも屋を訪れた時は、ブロンとフェリが知り合いだという話は聞かなかった。

故に、二人がどのような関係だったのか、トーヤは気になった。

「おっと、まずはお茶を淹れようか、ちょっと待っていなさい」

ブロンはニコニコ笑いながら席を立ち、カウンターの奥に姿を消す。

そしてしばらくしてから、お茶が載ったお盆を持って戻ってきた。

「あっちの椅子を持ってきなさい」

「「はい」」

ブロンに言われた通り、トーヤとアグリは部屋の壁際に置かれていた椅子をカウンターの前に移動させ、そこに座る。

するとブロンはお茶をそれぞれの前に並べ、自身も座った。

「さて、それじゃあフェリちゃんについてだったね。といっても大した話じゃない。わしは元々、商業ギルドで働いていたのさ。だから彼女とも知り合いなんだよ」

「そうなのですか？　でも前回お邪魔した時、リリアーナさんは何も仰っていませんでしたよ？」

「少し前に定年退職した鑑定士の話、聞いたことはないかい？」

トーヤは記憶を辿りつつ言う。

「……そういえばフェリ先輩もリリアーナさんも、そのようなことを言っていたような……」

「その鑑定士が、わしなんだよ」

「…………えええええぇぇっ!?　そ、そうだったのですか!!」

何気なく関わっていた人が自分の大先輩だったと分かり、トーヤは思わず叫んだ。

「ほほほ、今日も子供らしい一面を見ることができたね」

「あっ！　……お、お恥ずかしい。急に大きな声を上げてしまい、申し訳ございませんでした」

「構わんさ。驚かせようと思って隠していたから、むしろ驚いてくれて嬉しいよ」

悪戯が成功した子供のような笑みを浮かべながら、ブロンはそう口にした。

「……はは、確かにそれは驚きました」

「そうだろう？　たまにはこういう刺激がないとね」

「お若いのですね」

「そうだろう？　ほほほ」

「……二人共、口調が似てるから、なんか変な感じだ」

思わずそう漏らしたアグリを、トーヤとブロンが見つめる。

「そうかな？」

「そうかのう？」

「そうだよ！　……あっ、いや、そうですよ！」

相手がトーヤだけではないと気づき、アグリは慌てて言い直した。

それを見て、ブロンは穏やかな口調で言う。

「ほほほ、構わんよ。口調も普段通りでいいからね」

「えっと……あ、ありがとうございます」

アグリは、硬くはあるものの笑みを浮かべた。

「それで、今日はどうしたんだい？　掘り出し物を探しに来たのかな？」

ブロンの問いに、トーヤはハッとした様子で顔を上げる。

「そうでした。アグリ君はパズルを、私は掘り出し物を探しに伺った次第です」

「ほほほ、そうだったのかい」

「ですが、今はもう少しブロンさんのお話を聞きたいと思っております」

「わしの話をかい？」

ブロンは不思議そうに首を傾げるが、アグリも勢い良く言う。

「あっ！　俺も聞きたい！　姉ちゃんの話とか！」

「こんなジジイの昔話をかい？　長くなるかも知れないが、それでも良いかな？」

ブロンが髭を撫でながらそう口にすると、トーヤとアグリは勢い良く頷く。

「こちらからお願いしているのです、よろしければお聞かせください」

「うんうん！　お願いします、ブロンさん！」

「ほほほ。それなら話させてもらおうかのう。でもちょっと待っておくれ、お店を閉めてくるからね」

ブロンは一度店の外に出ると、閉店の看板を扉に下げて戻って来る。

だが、それを見たトーヤとアグリは慌てて、口を開く。

「ブロンさん、お店を閉めてまでは申し訳ないです」

「そ、そうですよ！　俺たち、迷惑になっちまう！」

「わしの道楽《どうらく》で始めた店じゃ。開けるのも、閉めるのも、わしの気分次第じゃよ。それに今日は、二人と話をする方が楽しそうだからね、ほほほ」

ブロンは穏やかな口調でそう言うと、ゆっくりと席に戻った。

それから彼は自分の過去を語り始める。

「元々わしは都市から都市へ渡り歩く旅人でね。最初はラクセーナに長く滞在するつもりはなかったんだ。だがわしがラクセーナにいるうちに、スタンピードが起きてしまってのう」

「スタンピード……ですか？　それはいったい？」

耳慣れない単語に、トーヤは首を傾げた。

すると、隣にいたアグリが口を開く。

「なんだトーヤ、知らないのか？」

「はい、存じません」

「なんでも知っていそうで、意外と常識を知らないんだな！」

アグリは少し得意気に説明する。

「スタンピードってのは、魔獣がたくさんやってくることだ！」

「魔獣がたくさん、ですか？　……どれくらいの数が来るのでしょう？」

「あー……それは、どうなんだろう？」

アグリも実際にスタンピードを目にしたことはなかったため、口ごもってしまった。

すると、今度はブロンが言う。

「そうさねぇ……少なくとも一〇〇は軽く超えるかな。大きな規模のスタンピードだと一〇〇〇を超えることもあると聞いたことがあるね」

「「……一〇〇〇」」

そう言われ、二人は思わず息を呑んだ。

ブロンは小さく笑うと、話を続ける。

「当時も中々の規模でね。ラクセーナは防衛設備がしっかりしているから、街の中に危険は及ばなかったけど、足止めは食らったわけだ」

「それから商業ギルドへ？」

トーヤが首を傾げると、ブロンは頷く。

「鑑定系のスキルを持っていたからね。どうせなら働かないかと、ジェンナ様に声を掛けてもらったんだよ」

「なんと、当時からジェンナ様はギルドマスターをされていたのですね」

トーヤは驚きを隠せない。

だが、アグリはトーヤとは別の点が気になったようだった。

「あの、旅をやめるのって、嫌じゃなかったんですか？」

子供であるアグリにとって、世界を見て回る旅は興味をそそられるものだった。

そのため、旅をやめることは苦しいことなのだろうと想像したのである。

「当時はとても悩んださ。だが、わしは見てしまったのだよ——女神をね」

「……女神、ですか？」

トーヤは、驚きの声を漏らした。

するとブロンは柔和な笑みを浮かべながら立ち上がると、カウンターのすぐ後ろに置かれていた写真立てを手に取って戻ってきた。

（ほう。この世界にも写真があるのですね……魔法かスキルで撮ったのでしょうか）

トーヤがそんなことを考えていると、ブロンが口を開く。

「この女性が、わしにとっての女神だよ」

ブロンは慈《いつく》しむように写真に写る女性の顔を指でなぞる。

「……もしかして、奥様ですか？」

写真を見てトーヤが尋ねると、ブロンは頷く。

「その通りだよ。まあ、二年前に天へと旅立ってしまったがね」

「そうなのですか……お辛いことを思い出させてしまいましたね。申し訳ございませんでした」

だが、ブロンは笑みを浮かべたまま、カウンターに写真立てを置く。

「君が謝ることではないよ。それに、妻の話ができるということは、まだ妻を忘れていないという証拠だからね」

ブロンは自分が年を取り、物忘れが増えてきたからこそ、妻のことを思い出す時間をより大切にしたいと思っていた。

だからこそ、トーヤたちにこの話をしたのだった。

「そういうこともあって、わしは商業ギルドで働き始めて、ラクセーナに腰を落ち着けたのさ」

最後に纏めるようにブロンが告げると、トーヤとアグリは勢い良く答える。

「それはとても素晴らしい理由だと思います」

「俺もそう思う！」

しかしトーヤはそう言いながら、内心少し別のことを考えていた。

（はは、女神様と聞いて、危うく本物の女神様かと勘違いするところでしたね）

実際に女神と対面して転生を果たしたトーヤは、危うくブロンに女神に会ったことがあるのかと尋ねるところだった。

そんなトーヤの心配に気づくことなく、ブロンは笑う。

「ほほほ、ありがとう。でもまあ、君たちが素敵な相手を見つけるのは、もう少し先になるかも知れないがね――」

――コンコンコン。

店の扉が、ノックされた。

「おや？　こんなお店に誰だろうね？」

「私たちは構いません、どうぞ対応なさってください」

トーヤがそう口にする横で、アグリも大きく頷いている。

「そうかい？　それなら少しだけ失礼するかね」

ブロンが入り口へ向かい、扉を開くと、そこには一人の女性が立っていた。

「おや？　あんたか。どうしたんだい？」

ブロンは女性を見てそう言うと、扉の前で軽くやり取りをしたあと、お金を持ってカウンターに戻ってくる。

何が起きたか気になり、トーヤは尋ねる。

「どうしたのですか？」

「以前にわし謹製《きんせい》のポーションを購入した冒険者が来てね。そのポーションが気に入ったようでまた買いに来てくれたんだよ」

「んだよ、それなら店が開いている時でいいじゃねえか」

アグリがそうぼやいていると、微笑みながらブロンが言う。

「冒険者にとって、ポーションはなくてはならない道具だからね」

そう口にしながらお金をカウンターに置いて、計算を始めるブロン。

「えっと、あれがこうで……うーん、年を取ると計算も時間が掛かっていけないね」

それを見て、トーヤは立ち上がった。

「よろしければ私が計算いたしましょうか」

「それは助かるよ、それじゃあ――」

ブロンが預かった金額、ポーションの金額と個数を伝えると、トーヤはすぐに答えを口にした。

「おつりは三〇〇ゼンスですね」

「そうか、三〇〇ゼンスだね。ありがとう、助かったよ」

ブロンはそう口にして、おつりとポーションを手に、女性冒険者の方へ向かう。

女性冒険者は何度も頭を下げながらお礼を口にしており、中にいたトーヤとアグリにまで頭を下げた。

そんな中、トーヤはアグリが女性冒険者でなく、こちらを無言で見ていることに気がついた。

「……？　どうしたのですか、アグリ君？」

「……トーヤって、計算もできるんだな」

「まあ、そうですね。計算ができなければ仕事になりませんし」

「……俺、そういう頭のいい奴しかできねぇこと、一つもできないからなぁ」

トーヤにできて自分にできないことをさらに見つけてしまい、アグリは大きく肩を落とした。

その姿を見て、トーヤは励ますように言う。

「ですが、パズルはできたではありませんか」

「あれは遊びだろ？　……俺も計算ができるようになったら、少しは姉ちゃんの役に立てるかな」

ため息交じりにそう口にしたアグリを見て、トーヤはポンと手を叩いた。

「もしよろしければ、私がお教えいたしましょうか？」

トーヤの提案に、アグリはバッと顔を上げて目を輝かせる。

「いいのか、トーヤ！」

「はい。私でよければお教えしますよ」

そんなタイミングでブロンが戻ってきて、アグリに聞く。

「おや？　何かいいことでもあったのかい？」

「トーヤが俺に計算を教えてくれることになったんだ！」

「ああ、それはいいね。さっきの計算もとても速かったしなぁ」

ブロンから見ても、トーヤの計算速度はとても速かった。暗算であれだけ速く計算した者を今まで一度として見たことがない。

「せっかくだし、わしも教えてもらおうかのう」

「えぇっ⁉　そ、そこまでの計算力ではないですよ？」

「いいじゃねえかよ！　ほら、教えてくれ！」

期待の眼差しを送るアグリと、ニコニコ笑いながら見つめてくるブロン。

トーヤは小さくため息を吐いて、「分かりました」と口にした。

ブロンから筆記用具と紙をもらうと、まずそこにいくつかの計算問題を書き込む。

最初に二人がどのように計算をしているのか、そしてどの程度の計算ができるのかを確かめることにしたのだ。

「では、この問題を解いてみてください」

トーヤが作成したのは、四桁の計算問題だ。

「これだね、いいよ」

紙を受け取りつつブロンはそう答えるが、アグリは困ったようにトーヤを見る。

「えぇ～？　俺、計算なんてろくにやったことねぇぞ？」

「……そうでしたか。ではまず、アグリ君はブロンさんが解くところを見ていてください」

「おう！」

（ブロンさんもおかしいと思っていなさそうですし、スフィアイズでは、アグリ君くらいの年でも計算をしたことがない人が多いのでしょうか）

そんなことを考えながらブロンの計算を眺めるトーヤ。

一分ほどで、ブロンはペンを置いた。

「……こんなものかね」

そう言って、ブロンはトーヤに紙を手渡す。

「おぉ、全て合っております！　ちなみにブロンさんは、この計算を頭の中だけで行うことはできますか？」

「できるよ。ただ、今よりも少し時間は掛かるけどね」

トーヤよりは遅いが、ブロンの計算速度も十分速い。

ブロンに教えることはあるだろうかと考えつつ、トーヤは次にアグリを見つめる。

「アグリ君は、ブロンさんが何をしていたか分かりますか？」

「……な、なんとなくなら……」

「では、簡単な計算からやってみましょうか」

「……マジか？」

「マジです」

嫌そうな顔を浮かべたアグリを、トーヤは微笑みながら見つめ続ける。

アグリは大きく息を吐いてから、トーヤの作った問題とペンを取った。

そして計算を始めた。

（……数字を書き慣れていなさそうですし、アグリ君が計算をほとんどしたことがないというのは

本当みたいですね。とはいえ、計算の仕方はもう理解していそうですが)

トーヤが準備したのは二桁《けた》の計算問題だ。

アグリはブロンがしていたように、数字を縦に並べる、日本で言う筆算に近い形式で計算している。

アグリからすれば初めて見る計算方法だったにもかかわらず、やり方自体は一度見ただけで理解したようで、難しい顔をしながらも答えを書ききった。

「……よし、できた！」

「見せてくれますか？」

「お、おう！」

アグリは、ドキドキしながらトーヤに紙を渡す。

とはいえ、トーヤはすでに頭の中で答えを出しており、アグリの書いた答えが正解であることは計算を見ている段階で分かっていた。

「おや？　これは……」

「……えっ？　なんか、ダメだったのか？　どこが間違っていたんだ？」

トーヤがちょっとした悪戯心で首を傾げてみせると、アグリは不安そうな表情を浮かべた。

「…………冗談ですよ」

「……はっ？」

「大正解です、アグリ君！」

「………お、お前なあああっ!!」

ニヤッとしたトーヤを見て、アグリが大声を上げた。

アグリは頬を膨らませながらトーヤに迫る。

子供らしく言い合っている二人にブロンは穏やかな視線を向けた。

「ほほほ、こうしているのを見ると、子供らしいねぇ」

「すみません、アグリ君。ついからかってしまいました」

トーヤが小さく頭を下げると、アグリは少し呆れたように言う。

「ったく！　それにしても、俺の計算は本当に合ってるのか？　確認してないだろう？」

「いえいえ、ちゃんと確認しましたよ」

「えっ？　いつだよ？」

驚いたように問うアグリに、トーヤはこともなげに答える。

「アグリ君が計算をしている時にです」

「はっ？　でもお前、何も書いてなかったよな？」

「頭の中で計算をしていたのですよ」

「……んなことできるのか？」

「できます。もっとも、最初は紙があった方がやりやすいですね。他にも計算用の道具を用意したらもっと簡単になります」

トーヤが何気なくそう言うと、今度はブロンが興味を持ったらしく、問い掛ける。

「計算用の道具とは、具体的にどんなものだい？」

「おっと、そうでした。こちら……いえ、ラクセーナでは見たことがありませんね」

『こちらの世界』と言いかけたトーヤは言葉を変えた。

トーヤは少しヒヤヒヤしていたが、ブロンは特にツッコむことはなく、さらに目を輝かせる。

「ほほう。それはトーヤの故郷で使われているものなのかな？」

「そうですね」

「……のう、トーヤ。その道具の絵を、この紙に描いてくれんか？」

「構いませんが……？」

描いてどうなるのかと疑問に思いながらも、トーヤは紙に向き合う。

まず横長の長方形を描く。その真ん中より上に一本の横線を引き、長方形をさらに二つの長方形に分割する。

そして上の長方形の中に一つ、その下の長方形の中に四つの珠《たま》を縦一列になるように描き、それを貫くように縦線を一本引く。

これを一〇列分繰り返せば完成だ。

「このような道具です。ちなみにこの珠は、上下に動かせるようになっています」

トーヤが自分の描いた絵を説明すると、ブロンはそれを眺め小さく頷く。

「……なるほど。これくらいならわしが作れるだろう」

「えぇっ!!　そんなことができるのですか!?」

トーヤは驚きの声を上げた。

「こう見えて手先の器用さには自信があってね。それにわしもどんな風に使うのか見てみたいからな。ちなみに、これには名前もあるのかい？」

「えっと、はい。そろばん、というものになります。今回は一〇列で絵を描いていますが、もっと列が多いものもあります」

「なるほど、それは面白いことを聞いたよ」

何が面白いのかトーヤには分からなかったが、ブロンはとても楽しそうに笑っている。

「簡単に作ってみるから、少し待っていてくれるかい？」

「今から作るのですか!?」

さらに驚くトーヤを見て、ブロンは愉快気に笑う。

「ほほほ、面白そうだからね」

ブロンは、足取り軽くカウンターの奥へ。

トーヤはポカンとしてしまう。

それは隣にいたアグリも同じで、小さく言葉を漏らす。

「トーヤもすげぇけど、ブロンさんもすげぇな」

「いやはや、本当にすごい意欲ですね」

それから二人はお茶を飲みつつ、ワクワクしながらブロンを待つのだった。

三〇分ほどが経ち、ブロンはカウンター奥から戻ってきた。

「できたよ」

「ほ、本当にできたのですか？」

ここまで短時間でできるとは思っておらず、トーヤは驚きの声を上げた。

「さほど複雑ではなかったからね、これでどうかな？」

ブロンは謙遜《けんそん》しながらそう口にして、トーヤに出来上がったそろばんを差し出した。

「……で、では、失礼して」

トーヤはそろばんを受け取り、その出来上がりに目を見張りながら、珠を一つずつ弾いていく。

珠の動きはスムーズ。パチパチという音が店内に響くと、トーヤはなんだか日本に戻ってきたような感覚を覚えた。

「……懐かしいですねぇ」

思わずそう呟いたトーヤを見て、ブロンは満足気な笑みを浮かべた。

「どうやら問題なさそうだね」

「おっと、失礼いたしました。感傷《かんしょう》に浸《ひた》っていたようです」

「それだけ出来が良かったんだろう？　嬉しいことだよ」

ブロンの言葉にトーヤは頷き、そして改めてそろばんの出来を確認していく。

「……これは本当に素晴らしい。珠もスムーズに動きますし、何より音がいい」

トーヤがそう言うと、アグリも頷く。

「なんだかいい音だな、これ！」

「アグリも気に入ったのかい？　わしもこの音を聞いて、心地よいなと思っていたんだよ」

アグリとブロンも同意見だと知り、トーヤは思わず笑顔になる。

「ブロンさん、なんでもいいので四桁の数字を二つ、仰っていただけませんか？」

気分が良くなったトーヤは、そろばんのデモンストレーションをすることにした。

「なんでもいいのかい？」

「はい！」

声が弾んでいるトーヤを見て、ブロンもなんだか楽しくなってきた。

アグリは何が始まるんだと期待に目を輝かせている。

「それじゃあ……二三〇〇と五六〇〇」

ブロンが数字を口にした途端、トーヤの指が素早く動き珠をパチパチと弾いていく。

その動きに目を奪われるアグリとブロン。

トーヤは少しして指を動かすのを止めると、口を開く。

「合計は七九〇〇ですね」

トーヤが計算をしていたのだと知り、アグリは不思議そうに尋ねる。

「……ブ、ブロンさん？」

「ほぉ、正解だよ」

アグリとブロンは驚きの声を漏らすが、トーヤとしては物足りない。

「もっと細かく、難しい数字でも構いませんよ？」

自信満々にトーヤがそう口にしたこともあり、ブロンは少し考えて告げる。

「分かった。それなら……三七八四と九九二四」

——パチパチパチパチパチパチパチパチパチ。

「一三七〇八」

「ブロンさん！」

「ほほ！　ちょっと待ってくれんか！」

アグリに急かされ、ブロンは慌てて計算する。

やがて、ブロンは呟くように言う。

「……正解だよ、トーヤ」

「マジかよ！　すげーって、トーヤ！」

大興奮のブロンとアグリを見て、トーヤはニコリと微笑んだ。

「ご満足いただけたようでよかったです」

「これはどのようにして使うんだい？」

「そうだよ！　珠を弾いてたのは分かるけど、何がどうなってるんだよ！」

ブロンとアグリは身を乗り出し、目を輝かせていた。

トーヤは胸を張りながら、説明を開始する。

「下の枠にある四つの珠が一から四までを表していまして、一なら珠を一つ、三なら珠を三つ上に弾きます」

アグリは改めてトーヤの手元のそろばんを見つめてから、聞く。

「……でも、それだと五以上は計算できないんじゃないか？」

「数字が五になったら上部の珠を下に弾きます。この一つの珠が五を表しているのです」

「ふむ、そうなると六からはどうなるのじゃ？」

ブロンも気になったことを質問した。

「上の珠を下に弾いたら、下の珠は下部に戻します。すでに上の珠で五を表しているので、次に下の珠を弾くと、六、七、八、九を表せるんです」

トーヤは口で説明しながら、同時に指でそろばんの珠を弾いてみせた。

「……なるほどのう。一番右が一の位だとすれば、その隣が一〇の位になるのかな？」

「その通りです、ブロンさん。そして、一〇の位の珠も同様に下の珠が一から四、上の珠を弾いてからは六から九を表すのです」

「ふむふむ……ほほう、慣れは必要だろうが、使いこなせれば確かに計算が楽になりそうだねぇ」

何度も頷きながらそう口にしたブロンに、トーヤはそろばんを返した。

「ご自分でもやってみてはいかがですか？」

「ほほ、それもそうだね」

ブロンが早速そろばんを弾くのを見て、アグリが羨《うらや》ましそうな声を漏らす。

「……いいなぁ」

「おっと、子供を差し置いて申し訳なかったね」

「あっ！　いえ、そんな！　それはブロンさんが作ったやつなので！」

ブロンが謝罪すると、アグリも両手を振った。

その後ブロンは少し考えてから、小さく頷く。

「……それならもう一つ……いや、トーヤにも渡したいし二つ、作るとするかね」

「「えぇっ⁉」」

「時間は大丈夫かい？」

驚きの声を上げたトーヤとアグリだったが、ブロンの口調はのほほんとしたものだ。

「わ、私は大丈夫ですが、アグリ君は？」

「俺も大丈夫……」

「それなら、もう少しだけ待っていてくれ。一度作ったから、そこまで時間は掛からないよ」

ブロンはそう口にすると、先ほどよりもやや早足でカウンター奥へ。

残されたトーヤとアグリは思わず顔を見合わせる。

「……よかったのかな？」

「まあ、ブロンさんがいいと言っているのですから、いいのでしょう」

そうして、再び二人はブロンを待つのだった。

四五分後、ブロンはそろばんを二つ持って戻ってきた。

「も、もうできたんですか⁉」

「ほほほ、受け取ってくれるかい？」

ブロンはそう言って両手でそろばんを一つずつ持ち、アグリとトーヤに差し出した。

二人は一度顔を見合わせたあと、それを受け取る。

「ありがとうございます、ブロンさん！」

声を揃えてお礼を言う二人を見て、ブロンは思わず微笑んだ。

「こちらこそ、面白いものを教えてくれてありがとう」

それからトーヤはアグリとブロンにそろばんを教えることにした。

元から計算ができていたブロンは頭の中で数字を思い浮かべているのだろう、黙々と珠を弾いては納得したように頷いている。

アグリはというと、ゆっくり確実に珠を弾く練習をしている。

「一四と二三は？」

「えっと……こっちが一で、四がこっち……それで二を足して、こっちに三だから……三七だ！」

「そうです！　上手ですよ、アグリ君！」

褒められて恥ずかしそうに笑うアグリに、トーヤはにこりと笑って言う。

「慣れてくると、現物がなくても頭の中でそろばんを思い浮かべて、珠を弾いて計算することができるようになりますよ。そうなれば簡単に暗算できるようになります」

アグリは胡散臭《うさんくさ》そうにトーヤを見る。

「……それ、マジで言ってるのか？」

「その通りですが、何かおかしかったでしょうか？」

トーヤは当然だと言わんばかりに大きく頷くが、アグリは納得していない様子。

「こんな難しい道具を頭の中に入れるなんて、絶対無理だろ！」

「まぁ、それはそうですね。頭に穴を開けるなんてできませんし」

「いや、そういうことじゃなくて！」

アグリは思わずツッコミを入れた。

その様子を見ていたブロンは小さく微笑んだ。


時間が過ぎるのはあっという間で、トーヤとアグリが帰る時間になってしまった。

「もっと教えてもらいたいなー」

名残惜しそうにそう口にするアグリを、トーヤが宥める。

「我儘を言ってはいけませんよ、アグリ君」

すると、ブロンが優しい口調で言う。

「時間を合わせてまた遊びに来たらいいよ」

「やった！　また来ような、トーヤ！」

ブロンの言葉を聞いたアグリに元気が戻ると、笑みを浮かべながらトーヤを見た。

「分かりました、アグリ君。ブロンさんも、ありがとうございます」

「わしも教えてもらいたいから。よろしく頼むよ」

そしてブロンはトーヤにある申し出をする。

「面白いものを教えてもらったお礼といってはなんだが、何か欲しい商品はないかい？　好きに持って行っていいよ」

「そんな！　そろばんもいただいたのに、その上何かをもらうなんて！」

首を横に振ったトーヤだったが、ブロンは笑みを崩さない。

「では、知りたいことや聞いてみたいことでもいいよ？　そろばんを教えてもらったお礼に、わしもトーヤに何か教えてあげよう」

「そ、そうですね……」

それなら迷惑にならないかと思い、トーヤは少し考える。

そして最初に頭に浮かんだ、ある単語を口にする。

「……ポーション、でしょうか」

「ポーション？」

「先ほどブロンさんは冒険者の方にポーションというものを渡していましたよね。それがどのようなものか気になっていたのです」

トーヤがそう告げると、ブロンはポカンとした表情になった。

ブロンだけではなく、アグリも驚いたような表情でトーヤを見ている。

不思議に思ったトーヤは首を傾げながら問い掛ける。

「……どうかしましたか？」

「……トーヤはポーションを見たことがないのかい？」

ブロンの問いに、素直に頷くトーヤ。

「そうですね。先ほど初めて目にしました」

「……どんなものかは、さすがに分かるよな？」

今度はアグリに尋ねられるが、トーヤは頭を掻きながら正直に答える。

「いやはや、それすら分からないのですよね。ポーションというのは、そんなにもポピュラーなものなのですか？」

ブロンは頷く。

「そうだね。少なくとも、トーヤくらいの歳の子が知らないだなんて話、聞いたことがないね」

「俺でも知っているくらいだから、てっきりトーヤは知っていると思ってたわ」

トーヤは改めて聞く。

「そういうわけで、ぜひ教えていただけませんか？」

そんなことがお礼になるのかは疑問だったが、トーヤの頼みならとブロンは説明することにする。

「ポーションは、簡単に言うと傷を治す薬みたいなものだね」

「傷を治す薬ですか？　消毒液みたいなものですかね？」

「消毒液って、お前なぁ……」

トーヤからすると同じようなものだと感じたのだが、アグリは呆れたようにため息を吐いて、言う。

「いいか、トーヤ。ポーションってのは一瞬で傷を治してくれる道具なんだ！」

「ほほう、一瞬でですか？」

「そうだよ！　死んじゃうかも知れないような大きな傷は無理だけど、ちょっとした傷なら一瞬だから！　マジで一瞬！」

「分かりましたから、そこまで興奮しないでください」

「ホントに分かってんのか⁉」

トーヤは、質問を変えることにした。

「分かっていますよ。ちなみに、アグリ君はポーションを持っているのですか？」

「持ってるわけないだろう？　結構高いんだぞ！」

「なるほど、ポーションはとても素晴らしいんですね！」

「感想それだけかよ⁉」

「ほほほ、面白い子だね、トーヤは」

ブロンが楽しそうに笑い、続けて言う。

「それじゃあそろばんを教えてもらった礼に、わし謹製のポーションをあげようかね」

「えぇっ⁉　でも、高価なものだと先ほどアグリ君が！」

トーヤは首を横にぶんぶんと振った。

「材料さえあれば大量に作れるものなんだ。それにわしが作ったものはたいして等級も高くないし、そこまで高価な代物《しろもの》ではないよ」

ブロンはそう口にすると、一番近い棚に置かれていたポーションを一本手に取り、それをトーヤに手渡した。

「うーん、いいのでしょうか？」

「わしが構わんと言っているのだ、受け取ってくれんか？」

しばらくポーションと睨めっこしたのち、トーヤはそれを受け取った。

ポーションを眺めてから笑みを浮かべる。

「ありがとうございます、ブロンさん」

「構わんと言っただろう？　なんなら、アグリにもプレゼントしようか？」

「いぃっ⁉　それはマジでダメですって！　いらねぇ、俺はいらねぇから‼」

アグリは椅子から立ち上がると、扉の際まで後退っていく。

「どうしたのですか、アグリ君？」

「お、俺がポーションなんて高いものを持って帰ったら、絶対姉ちゃんに怒られるって！」

「見えないよう、袋に入れたらどうかな？」

ブロンがそう提案するが、アグリはひたすら首を横に振る。

「ほんっとうにいりませんから！　そうだ、パズル！　パズルを売ってください！」

アグリは早口でそう言うと、ブロンの手を引き店の奥へ。

トーヤは思わず噴き出してから、呟く。

「いやはや、今日はとても有意義な一日になりましたねぇ」

◆◇◆◇第八章：トーヤ、騒動に巻き込まれる◇◆◇◆

アグリと出かけた翌日、トーヤは商業ギルドでフェリと一緒に仕事をこなしていた。

すると、突然バンッ！　という音と共に商業ギルドの扉が乱暴に開かれた。続けてギグリオが切羽詰まった表情で入ってくる。

「おや？　ギグリオさんではないですか。何事ですかね？」

ギグリオはそのまま二階に上がり、ジェンナの部屋へと向かう。

トーヤは隣で仕事をしていたフェリと顔を見合わせ、首をコテンと横に倒す。

しばらくして、二階からジェンナが降りてきた。

「トーヤ。すまないけれど、こっちに来てくれないかしら？」

「……私ですか？」

「ええ、大至急《だいしきゅう》よ」

ジェンナはそれだけ告げて、すぐに二階廊下の奥へ戻っていく。彼女の表情には緊張感が漂っていた。

ただ事ではない雰囲気を察して、フェリが口を開く。

「こっちは私がなんとかするから大丈夫よ、トーヤ君」

「かしこまりました。では、一度失礼いたします、フェリ先輩」

トーヤは頭を下げてからカウンターを出て、やや早足で二階のジェンナの部屋へと向かう。

どうして自分が呼び出されたのか、トーヤにはさっぱり分からなかった。

「失礼いたします、ジェンナ様」

トーヤは開けっ放しになっていた扉を軽くノックしてからそう言って、ジェンナの部屋の中へ入る。

部屋の中ではジェンナとギグリオが、深刻な表情を浮かべていた。

「……あの、ジェンナ様、ギルドマスター様、いったいどうしたのでしょうか？」

「すまん、坊主！　俺たちに協力してくれ！」

突然、ギグリオが頭を下げて協力を願い出てきた。

「ごめんなさいね、トーヤ。ギグリオがどうしてもあなたにと言って聞かなくて」

「……すみませんが、話が読めません。何があったのか説明をお願いできますか？」

ジェンナはトーヤの言葉に頷き、説明してくれる。

「古代眼を使って、フレイムドラゴンの痕跡《こんせき》を探してほしいの」

「……例の山に現れたという、フレイムドラゴンの幼竜ですか？」

トーヤの質問にジェンナは大きく頷いた。

「そういうこと。あれからしばらく冒険者たちが痕跡を探したらしいけど、前回持ってきた鱗の欠片以外出てこないそうなのよ」

「恥を承知で頼む。フレイムドラゴンが見つけられなかったら大惨事になる！　これもラクセーナの民を守るためなんだ！」

ギグリオはまだ頭を下げたままだった。

トーヤは少し考え、口を開く。

「なるほど……ジェンナ様、こういう場合は商業ギルドの職員として従うべきなのでしょうか？」

「そんなことはないわ。古代眼持ちは冒険者と一緒に活動することがあるとは言ったけど、専属鑑定士の仕事はあくまでも、持ち込まれたものを鑑定するだけだもの。だから、これはあなた個人への依頼ということになるわ」

その説明を聞き、トーヤは満足そうに頷く。

「なるほど、そういうことですか」

「とはいえ民《たみ》が危険に晒《さら》される可能性があるから、可能であれば協力してほしいと私たちは考えているの。だからこうして話を通したのよ」

ジェンナの言葉を聞いて、トーヤは少し考えてから口を開く。

「……分かりました、お引き受けします。ギルドマスター様」

トーヤがそう言うと、ギグリオはがばっと顔を上げた。

実を言えば、トーヤは話を聞いた時から今回の依頼を受けることを決めていた。

だが、どうして自分なのか、業務の範囲なのか、だとすれば今後も同じような命令はあるのか、決定権は誰にあるのか、それを知りたかったのだ。

「個人への依頼となるのであれば、手当などは出ませんよね？」

トーヤが冗談っぽく尋ねると、ジェンナは小さく笑う。

「まさか。私に話が通され、業務時間の最中に別の作業をお願いするのですから、ちゃんとその分の日当と危険手当は出しますよ。それに、中々にハードな依頼でしょうから、明日は休みにしてあげる」

「冒険者ギルドからも依頼料を出させてもらう！　本当に助かるぜ、坊主！」

ジェンナだけでなく、ギグリオもそう答えた。

しかし、トーヤは眉を寄せる。

「ですが……私、足が遅いのです。それに、体力もありません。冒険者の皆様の足手まといになるかも知れませんが、よろしいのですか？」

「そこは俺がカバーしてやる」

「ギルドマスター様が直々《じきじき》に任務に当たられるのですか？」

「当然だろう。……あー、それとだな、坊主」

当然だと口にしたギグリオだったが、その表情は何故か気まずそうにしている。

何か失礼をしてしまったかと思っていたトーヤだったが、その考えは杞憂《きゆう》だった。

「あー……その呼び方、やめてくれねぇか？　長いし、丁寧過ぎるからムズムズする」

「まあ、確かに長いですね……それでは、ギグリオ様？」

「様づけもいらねぇよ」

「はぁ、では、ギグリオさんで」

いまいち丁寧さが抜けないことに、ギグリオは苦笑いを浮かべつつも、ひとまず頷いた。

「それでだ、坊主。話を戻すが、お前は俺の馬に乗せていく」

「私は乗馬などできませんよ？」

「俺が操るから心配するな。さすがに初心者を馬に一人で乗せるなんてことはしないさ」

「それはありがたいです」

トーヤはニコリと笑い、続けて聞く。

「ちなみに、向かうのはいつ頃になるのですか？」

「今すぐだ」

「……え？　い、今すぐにですか？」

「ああ。急ぎで調べなければならないからな」

「……分かりました。ではギグリオさん、先に外で待っていてください。私はフェリ先輩に事情をお伝えしてから外に出ます」

「分かった。なるべく早く頼むぞ、坊主」

ソファから立ち上がったギグリオはそう口にすると、早足で部屋をあとにした。

ジェンナはギグリオを見送ってから小さくため息を吐くと、トーヤに向き直って口を開いた。

「面倒に巻き込んでしまってごめんなさいね、トーヤ」

「いえいえ、これも仕事の一環という風に捉えておりますので、問題ございません。それに、今後もこのようなことが続くのであれば、良い経験になるとも考えておりますから」

「……お人よしね、あなたは」

トーヤとしては本心なのだが、ジェンナは気を遣われたと思い、そのようなことを口にした。

「そうでしょうか？　私はただ、効率良く仕事をできる方法を考えているだけなのですがね」

軽く肩を竦《すく》めながらそう答えたトーヤは、気を引き締め直して椅子から立ち上がる。

「そろそろ向かわないとギグリオさんが怒鳴り込んできそうなので、いきますね」

そして部屋をあとにしようとしたところで、ジェンナから声が掛かる。

「トーヤ」

「はい、なんでしょうか？」

「こちらから頼んでおいて、言えた立場ではないのだけれど……気をつけてちょうだいね」

「もちろんです。それでは、いってまいります」

心配そうに見つめるジェンナに笑みを返し、トーヤは早足でフェリの元へ移動した。

「フェリ先輩、とある事情でこのまま出ることになりました。出勤早々に申し訳ございません」

「いいわよ、トーヤ君。何か事情があるんでしょ」

ウインクをしながらそう答えたフェリに対して、トーヤは申し訳なさそうに頭を下げて、商業ギルドの外に出た。

「お待たせいたしました、ギグリオさん」

商業ギルドの前で、馬に跨《また》がった状態で待っていたギグリオは、逞《たくま》しい腕をトーヤに伸ばす。

「掴まれ」

「ありがとうございます」

トーヤはグイッと引っ張り上げられ、ギグリオの前に座らされた。

「飛ばすぞ、舌を噛むなよ」

「気をつけます。ですがなるべく揺れないようにいいいいいいいいぃぃぃぃぃぃっ!?」

トーヤが言い終わる前に馬を走らせたギグリオ。

悲鳴にも似たトーヤの声が、周囲に響くのだった。


一五分後、ギグリオとトーヤはすぐに山の麓に辿り着いた。

かかった時間は以前、歩いて山からラクセーナに向かった時と比べて四分の一以下である。

「馬の速度、恐るべしですね」

馬から降りたトーヤが感嘆の声を漏らしていると、山の方から声が聞こえてきた。

「あぁー！　トーヤだー！」

「トーヤ……!?　そうか、古代眼か！」

「おいガキ！　なんで来やがった！」

声の主はミリカ、ダイン、ヴァッシュの三人。

歓迎ムードのミリカとダインとは異なり、ヴァッシュは悪態をついたのだが、トーヤを心配しているということは、彼の不安そうな表情を見れば明らかだった。

自分の方へ駆け寄ってきた三人に、トーヤは答える。

「古代眼が必要と聞きまして。私なんかに何ができるかは分かりませんが、お力になれればと」

「そういうことを言ってんじゃねぇ！　ここは危ねぇって言ってんだ！」

トーヤの返答に、ヴァッシュは声を荒らげた。

そんなヴァッシュを、ミリカが睨む。

「もう！　ヴァッシュは言葉がきついのよー！」

「事実だろうが！」

そうして言い合いを始めた二人を見て、ダインは小さくため息を吐く。

「はぁ……二人がうるさくてすまないな、トーヤ」

「いえいえ、心配していただきありがとうございます」

そう言って、三人に頭を下げるトーヤ。

「……けっ！　心配なんざしてねーっての！」

ヴァッシュはそう答えて、そっぽを向いた。

トーヤは頭を掻きながら苦笑いを浮かべ、改めて周囲を見る。

山の麓にはダインたち以外にも、ガタイの良い人々の姿が多くある。

「……皆さん、冒険者の方々なのですか？」

トーヤの質問にギグリオが答える。

「あぁ。街を守るために来ているやつもいるが、一攫千金《いっかくせんきん》を狙っているやつも多いな」

「一攫千金ですか？」

意味が良く分からずトーヤが首を傾げていると、ダインとミリカが補足する。

「簡単に言ってしまえば、フレイムドラゴンの素材を求めてやってきたのだ」

「ドラゴンの素材は高く売れるからねー」

二人の説明を受けて、トーヤはようやく納得したように頷いた。

そうして話が一段落したところで、ギグリオが改めて口を開く。

「到着早々で悪いが、トーヤ。早速山の中に入るぞ」

「少し休ませた方がいいんじゃないの、ギルマスー？」

ミリカは心配そうにそんな提案をするが、ギグリオは渋面《じゅうめん》を作る。

「俺もそうさせてやりたいが、現状フレイムドラゴンに関する情報が少なすぎる。何かあってからじゃあ遅いからな」

それを聞き、トーヤは気を遣わせまいと笑みを浮かべる。するとミリカはグッと拳を突き上げた。

「よーし！　それじゃあ、トーヤの護衛は私たちが引き受けよう！」

「あぁん？　それはハゲのおっさんの役目だろうが！」

「おい、ヴァッシュ！　俺のはハゲじゃないぞ！　剃《そ》っているんだ！」

今度はヴァッシュとギグリオが言い争いを始めてしまった。

それを横目にダインは呆れたようにため息を吐いた。

それからダインが時間がないことをヴァッシュとギグリオに伝えると、二人は渋々といった様子で矛を収める。

そして話し合い、最終的にギグリオ、ダイン、ミリカ、ヴァッシュの四人でトーヤの護衛をすることが決まる。

「ったく、行くならさっさと行くぞ！　時間が勿体ねえ！」

話が纏まったのを見てヴァッシュはそう言い、彼は一人で山へと向かっていった。

その姿を見て、ダインが口を開く。

「俺たちもついていこう。頼むぞ、トーヤ」

「お役に立てるよう、微力ながら尽くさせていただきます」

そう言って、トーヤ一行は歩き出し、山の中へと入っていった。


山を歩き出して五分ほどが経ち、トーヤは他にも冒険者たちがついてきていることに気づいた。

とはいえその数は、先ほど集まっていた人数に比べて明らかに少ない。

ミリカは後ろを一瞥《いちべつ》しながら、口を開く。

「一緒に来たのはこれだけかー。ついてこない人たちは勿体ないことをしちゃったねー」

「どういうことでしょうか、ミリカさん？」

ミリカの言葉の意味も、そもそもなぜ冒険者がついてくるのかも分からず、トーヤは尋ねた。

「古代眼持ちについていけば、ドラゴンの痕跡を見つけられる可能性は高くなるでしょ？　ついて来なかった人たちはトーヤが優秀だって知らなかったんだろうなーって思ったの」

「そもそも、痕跡が見つからない状況でギルマスが連れてきた者なのだから、情報を得られる人材であると理解するべきだがな」

ダインも冷静な口調でそう言った。

「どんなスキルがあろうとガキはガキだ。てめぇ、勝手に動いたら承知しねぇからな！」

どんどんと進みながらそう口にするヴァッシュの背中に苦笑いを送りながら、トーヤはとりあえず古代眼で周囲のあらゆるものを鑑定していく。

「……おや？　うーん、これでは効率が悪いですね」

目に映るものを片っ端から鑑定していくものの、鑑定ウインドウが出現しすぎて、トーヤはすぐに情報を処理しきれなくなった。

これでは意味がないと考えたトーヤは、ひとまず地面に意識を集中させることにする。

(現状、手がかりがありませんし、まずは地面に落ちた鱗を探してみることにしましょう)

視線を下げたことで表示されるウインドウが少なくなった。

トーヤはそれらを素早く読み取っていく。

そうしてしばらく山の中を進み、中腹までやってきた――その時。

「……おや？」

「どうしたの、トーヤ？」

声を上げたトーヤを、ミリカが見つめた。

「右奥にあるひときわ大きな大木が見えますか？　あちらの根元付近に初めて見る鑑定結果がございました。ただ、距離があるので……」

トーヤがそう言って大木の方を指さすと、先行していたヴァッシュが口を開く。

「あそこだな、先に行ってるぜ」

「俺も行こう」

ダインもそう言った。二人は大木付近まで駆け出す。

「俺とミリカは坊主を護衛しつつ移動するぞ。焦るなよ」

「はーい！」

ミリカとギグリオ、それに後ろについてきていた冒険者たちはトーヤの護衛をしながら大木の方へと歩いていく。

幸いなことに、何事もなく大木まで辿り着くことができた。

「おい、ガキ！　なんもねーぞ！」

「トーヤが気になったのはどれなんだ？」

合流したヴァッシュとダインにそう言われ、改めて周囲を注意深く見つめる。

そして二人が立っている場所に目を向け――

「私が見つけたのはこれのようです。魔獣の血痕《けっこん》と出ていますね」

トーヤが視線を向けた先の地面は、僅かに変色していた。

ギグリオはそれを見て呟く。

「……よくこんなもん見つけられたな。ダイン、この血痕は昨日はあったか？」

「見た記憶はないですね。とはいえこれだけ血痕が小さいとなると、確証はありませんが」

ダインとギグリオが真剣な表情で話をしている横で、トーヤが問い掛ける。

「ミリカさん。血痕がいくつかある場合、それを辿っていけば、幼竜を見つけ出すことはできますかね？」

「えっ、それはできそうだけど、こんな小さいのをいくつも見つけられるかなぁ？　そもそもあるかすら分からないし」

ミリカは地面を眺め、難しそうにそう言うが、トーヤは何気ない口調で続ける。

「あぁ、いえ、実のところ、すでに新たな血痕を見つけているのですよ、私」

「「「「……えぇっ⁉」」」」

あっさりとそう言うトーヤを見て、ギグリオ、ダイン、ミリカ、ヴァッシュの四人が同時に声を上げた。

ヴァッシュとダインはトーヤに詰め寄る。

「てめぇ、そういう大事なことは先に言いやがれ！」

「どこにあるんだ、トーヤ！」

「ええっと、あちらの方に点々と続いているようですね」

そう言ってトーヤは、木々が深く生い茂っている方を指さした。

「すごいよ、トーヤ！　大手柄だね！」

ミリカに褒められ、トーヤの頬が緩んだ。

しかし、ギグリオが声を低める。

「おまえら、喜ぶのはまだ早いぞ。フレイムドラゴンの幼竜を見つけてからにしろ」

「確かにその通りですね」

ギグリオに釘《くぎ》を刺され、トーヤは意識を切り替えた。

鑑定画面に従いながら、慎重な足取りでトーヤたちは進んでいく。

そのまま五分ほど歩き、彼らは木々に隠れた、横幅三メートルほどの穴を発見した。

ギグリオは目を見開く。

「……これは頂上の洞窟に繋がってんのか？　こんな入り口があったなんてな」

「どうしますか、ギルマス？」

ダインが慎重に辺りを窺いながらそう言う。

それに答えたのはギグリオでなく、ヴァッシュだった。

「この奥にドラゴンがいるかも知れねぇんだろ？　入ってさっさと片づけちまおうぜ！」

「ヴァッシュはなんで危険に飛び込みたがるかなー」

ミリカは呆れたようにそう言った。それから四人は他の冒険者を含めて話し合いを始める。

トーヤはその間、他にも何か痕跡がないかと視線を上下左右へ向けた。

すると、少し離れた木々の間に、魔獣の死骸《しがい》があるのを発見する。

トーヤはその死骸に近づいた。

「おやおや。なかなかにグロテスクですね」

思わずそう呟くと、後ろから声を掛けられる。

「こーら！　一人で移動しないの……って、何これ⁉」

「おぉ、ミリカさん、申し訳ございません。気になるものを見つけまして」

トーヤはミリカに頭を下げると、言葉を続ける。

「それより、ご相談は終わったのですか？」

「あ、うん、とりあえずはね。ひとまず麓で別れた冒険者たちをこっちに集めるんだって。まあ、ヴァッシュはめんどくさいって言って、ギルマスをものすごい形相で睨んでいたけどねー」

「おぉ。なんと言いますか、その光景が容易に想像できますね」

「まあ、そう言いつつも、冒険者たちを呼びに行ってくれているのがヴァッシュなんだけどねー」

「ヴァッシュさんは優しいですからね」

顎に手を当てながらそう言ったトーヤを見て、ミリカは不思議そうに首を傾げる。

「……何かおかしかったでしょうか？」

「やっぱりトーヤって、変なところで冷静というか、大人びてるよねー」

「そうでしょうか？　うーん、私としては普段通りにしているつもりなのですが」

元々大人だったトーヤが普段通りに過ごせば、大人っぽく見られて当然なのだが、そこへ思考が行きつく前にギグリオとダインがやってきた。

「おーい、坊主。こんなところで何を……って、おいおい、こいつは」

「ロックリザードの死骸ですか。だが、これは……」

先ほどトーヤが見つけたロックリザードの死骸を見て、ギグリオとダインは顔をしかめた。

「お腹をガブッとひと噛みされてるんだよねー」

ミリカの言う通り、ロックリザードは胴体を半《なか》ばから噛みちぎられ、はらわたを引きずり出されている。

「まだ腐敗《ふはい》が進んでいないのを見るに、こいつが死んだのは最近だな。やはりフレイムドラゴンはこの辺りにいるんだろう」

ギグリオがそう言うと、トーヤは思いついたことを口にする。

「洞窟を見てきましょうか？　古代眼を使えば、何か分かるかも知れません」

しかし、すぐにミリカが声を荒らげた。

「そんなのダメだよ！　私たちはトーヤを危険な目に遭わせるために連れて来たんじゃないんだから！」

ダインとギグリオも当然といった様子で頷く。

「然り、トーヤはフレイムドラゴンの幼竜の手がかりを見つけてくれた。その時点で役割は果たしてくれている。あとは任せてほしい」

「そういうことだ。もう少ししたらヴァッシュも戻ってくるだろうしな」

三人の言葉を聞いて、トーヤは反省しつつも優しい人たちだなと改めて思うのだった。

一〇分ほどが経ち、ヴァッシュが冒険者たちを連れて戻ってきた。

「おら、戻ったぞ！　さっさと出発するぞ！」

「もぉー！　ちょっとは落ち着きなよ、ヴァッシュー！」

ミリカがそう言うが、ヴァッシュは聞く耳を持たない。

「うるせえ！　こっちは無駄に走り回ったんだ。早く暴れたくて仕方がねえんだよ！」

ギグリオを中心に、冒険者たちは複数の部隊を結成していく。

部隊を分けるのは、道が枝分かれしている洞窟で、より早くドラゴンを見つけるためだ。

ドラゴンを見つけた部隊は、すぐに全部隊に呼び掛ける算段になっている。

とはいえトーヤを洞窟の中に連れていくわけには行かないということで、護衛のミリカと二人、外に残ることになった。

そうして完成した部隊は時間を空け、順々に洞窟へ入っていく。

それを横目に見ながら、ミリカと二人、洞窟の横に腰を下ろしたトーヤは何気なく呟く。

「……お腹、空きましたね」

「あっ！　私、保存食を持ってるよー」

ミリカはそう言って鞄を掲げた。

それを見て、トーヤは思い出したように言う。

「あっ、そう言えばあれにまだアプルが入っているのですが、出すのはマズいですかね？」

トーヤが口にした『あれ』というのは、アイテムボックスのことだ。

ミリカはすぐにそのことを理解し、鞄をトーヤに渡してから小声で囁く。

「ここから出すふりをしたら大丈夫だと思うよ」

「よろしいのですか？」

「お腹が空くのは仕方ないことだし、食べられる時に食べておかないとね」

「ありがとうございます」

そう口にしたトーヤに、ミリカは明るい笑みを返した。

お礼というわけではないが、トーヤはミリカの鞄から出すふりをして、彼女の分のアプルも一緒にアイテムボックスから取り出す。

「こちら、一緒に食べましょう」

「えっ！　いいの！」

「はい。まだまだ大量にありますからね」

そうしてミリカと一緒にお腹を満たしたあと、改めてトーヤは視線を洞窟の入り口へ向け、ダインやヴァッシュ、ギグリオや冒険者たちの無事を祈る。

(このまま何事もなく解決してくれればいいですね)

しかし、そう簡単にはいかなかった。

――グルオオオアアアアアアアアアアアアアアッ!!

突如として、地響きが起こるほどの大咆哮《ほうこう》が洞窟の内部から響き渡った。

ミリカは即座に立ち上がり、武器を構えて叫ぶ。

「まさか、誰かがしくじったの⁉」

「……あの、ミリカさん？　洞窟の奥から足音が聞こえませんか？」

洞窟の奥からは、地面の揺れと共に、ズシ……ズシ……と重たい足音がする。

「……これ、ヤバいかな～。トーヤは逃げておいた方がいいかも」

口調こそ緩いものの、ミリカは真剣な表情でそう口にした。

トーヤは少し考え、小さく首を横に振る。

「……いえ、一人で魔獣のいる山を歩くのも危険ですし、邪魔にならないよう、隠れています」

「……分かった。気をつけてね」

トーヤはミリカから少し離れると、木のかげに身を隠した。

そして、ミリカを見ながら考える。

（もしかすると、すぐに逃げ出した方がミリカさんのためかも知れませんね……）

しかし、理由は分からないが、ここで逃げ出してしまえばミリカが死ぬという確信がトーヤにはあった。

それは一度死んだトーヤだからこそ感じ取ることができた、死の匂いとでも言うべきものなのかも知れない。

故にトーヤはここに残り、何か自分にできることを探すつもりでいた。

足音が、揺れが、徐々に近づいてくる。その後、何人かの冒険者が慌てながら飛び出してきた。

彼らに対して、ミリカが口を開く。

「一体どうしたの⁉」

「お、俺らが最初にアイツを見つけたんだっ！　でもみんなを呼ぶより先に大暴れしだして――」

冒険者が最後まで言うより先に、再び大咆哮が鳴り響く。

『――ギャルアアアアアアァァァァアアァァッ‼』

大咆哮の主――フレイムドラゴンの幼竜が洞窟より姿を現した。

ミリカは周囲を鼓舞《こぶ》するように叫ぶ。

「みんな、武器を持つのよ！　この咆哮を聞いてギルマスたちもすぐ戻ってくるはず！　それまでフレイムドラゴンを足止めするわ！」

その言葉を聞いた冒険者たちは、何とか冷静さを取り戻し、武器を構える。

「……ミリカさん、格好いいですね」

トーヤがそんなことを呟く前で、フレイムドラゴンの幼竜と冒険者たちの戦闘が始まった。

ドラゴンが暴れまわる衝撃は、離れているトーヤにも伝わってきている。

「……うおぉぉ。これは、下手な映画を見ているよりも迫力が……いや、こちらは現実なのですから迫力があるのは当然ですか」

ミリカたちが命のやり取りを行っている中でも、トーヤは不思議と冷静だった。

現実と非現実が混ざったような目の前に光景に、理解が追いつかなかったのだ。

とはいえそのような状態でも、トーヤは何とか自分にできることを探す。

そんな時、突如としてトーヤの目の前に鑑定結果を示す巨大なウインドウが現れた。

「……えっ？　これは、いったい？」

突然のことに戸惑いながらも、トーヤはウインドウを見つめる。

「……痛い……痛い……助けて……痛い……これはいったい、どういうことなのでしょうか？」

ウインドウには『痛い』や『助けて』といった言葉が何度も表示されており、これが誰の言葉なのか、トーヤには分からなかった。

鑑定画面に落とした視線を上下左右に動かす。

すると、驚くべきことに気がついた。

「……まさか、この鑑定結果は、フレイムドラゴンの幼竜のもの、なのですか？」

ウインドウはフレイムドラゴンの幼竜が視界に入っている時にだけ現れている。

あまりに強い感情の揺らぎに、古代眼が反応したのだ。

「……助けて……怖い……痛い……………まさか、フレイムドラゴンの幼竜は、戦いたくないのかも？　助けを求めているのでは？」

そう思ったトーヤはゆっくりと戦いの場に近づいていき、より詳細にフレイムドラゴンを鑑定していく。

「……右翼の内側に、何かがある？　そう言えば地面には血痕が――っ!?」

そう気づいたところで、ズキンと鋭い痛みが頭に走った。

「……これは、いったい、なんなのでしょうか？」

今まで感じたことのない痛みに、表情を歪《ゆが》めるトーヤ。

しかし、今は自分のことよりもミリカや冒険者のために動くべきだと自らに言い聞かせ、再びフレイムドラゴンの幼竜を鑑定する。

そして、フレイムドラゴンの状態と、感情を理解した。

「……そうなのですね。あなたは、戦いたくないのですね」

鑑定結果のウインドウを見ながら、この状況を収める一つの策を思いつく。

しかしそれは、おそらく冒険者たちに非難される行動になるだろうと感じていた。

トーヤとしてもダイン、ミリカ、ヴァッシュに迷惑を掛けるようなことはしたくない。

(私は、どうしたらいいのでしょう……)

自身の感情を優先すべきか、それとも冒険者たちを信じて隠れているべきか。

その時、フレイムドラゴンの幼竜が再度鳴く。

『ギャルアアアアッ！　ギルル、ギャルアアアアァァァァァッ!!』

その声がトーヤには苦しみにあえいでいるように聞こえ、彼の体は勝手に動く。

「ミリカさん！」

「えっ！　ト、トーヤ!?」

戦闘中にトーヤが現れるとは思いもせず、ミリカは驚きの声を上げた。

「何をしているの、隠れなさい！」

普段とは違い、余裕のない大声でそう指示をするが、トーヤは首を横に振る。

「攻撃を止めてください！」

「何を言っているの！　早く隠れなさい、トーヤ！」

「ダメです！　攻撃を止めてください！」

「トーヤ！　早く隠れて――きゃあっ!?」

苛立ちを募らせたミリカが視界からフレイムドラゴンの幼竜を外した瞬間、幼竜は大きな翼を動かして突風を発生させた。

ミリカは大きく吹き飛ばされ、他の冒険者も思わず膝を折る。

そしてフレイムドラゴンの幼竜は、トーヤめがけて突っ込んでいった。

『ギャルアアアアッ！』

鳴き声を響かせながら迫る巨体を前に、トーヤは大きな恐怖を感じた。

しかし今も表示される鑑定ウインドウを見ると、目の前の幼竜を救ってあげたいという思いが湧き上がってくる。

「大丈夫ですよ、怖くありませんから」

トーヤはそう口にすると両手を広げ、敵意がないことを全身を使って示す。

そして、ドラゴンに向かって、笑みを浮かべた。

次の瞬間、フレイムドラゴンの幼竜は急ブレーキを掛けるように、トーヤの眼前で動きを止めた。

それにより巻き上がった大量の砂埃《すなぼこり》が、トーヤに掛かる。

「ごほっ！　ごほっ！　……ものすごい、砂埃ですねぇ」

トーヤは思わず咳《せ》き込む。

フレイムドラゴンの幼竜はゆっくりと頭を下ろし、彼の顔をぺろりと舐める。

『……………キュルルルル』

「おっと、どうしたのですか？　ふふっ、くすぐったいですよ……」

『キュルル』

「……………いったい、何が起きているの？」

吹き飛ばされて地面に転がっていたミリカはなんとか立ち上がったものの、目の前の光景に固まっていた。

他の冒険者も同じように動けなくなっている。

少しして幼竜が出てきた洞窟の中から、ギグリオ、ダイン、ヴァッシュ、そして他の冒険者たちが姿を見せる。

「みんな！　大丈夫か――って、坊主⁉」

「離れるんだ、トーヤ！」

「おい、ガキ！　何していやがる！」

三人はトーヤを見つけ、大声を上げた。

すると、幼竜は唸り声を上げ、ギグリオたちを睨む。

『……ギャルルルルゥゥ』

ギグリオたちは武器を構えたが、その間にトーヤは割って入る。

「坊主！　何をしていやがる！」

「違うのです、ギグリオさん！」

トーヤはそう言って手を広げるが、ダインとヴァッシュは焦ったように叫ぶ。

「何が違うんだ、早く離れるんだ！」

「死にたいのか、ガキが！」

「ですから違うのです！　この子は戦いたがってはいないのです！」

トーヤがどれだけ主張しても、三人は武器を下ろそうとはしない。

このままではいけないと思ったトーヤは、ギグリオたちに背を向けてフレイムドラゴンの幼竜の方を向く。

「右翼の内側、そこが痛むのですね？」

『……キュルルン』

小さな声で鳴くフレイムドラゴンの幼竜を見て、トーヤは一度頷く。

「実は私、ポーションを持っていまして、ドラゴンにも効果があるのかは分かりませんが、一度振り掛けてみてもよろしいでしょうか？」

そう言ってトーヤは洋服の内側に手を入れ、アイテムボックスを発動。

先日ブロンからもらったポーションを取り出す。

「どうです？　試してみませんか？」

フレイムドラゴンの幼竜にポーションを見せ、振り掛けてもいいかというジェスチャーをする。

『………キュルルン』

フレイムドラゴンの幼竜は再び頷いて、姿勢を低くした。

それを見て、トーヤは叫ぶ。

「私は後ろに回ります！　皆さんは絶対に攻撃しないでください！　お願いいたします！」

周囲にいた誰もが動けなくなっていた。

ギグリオたちも武器を手にしてはいるが、攻撃の意志はなくなっている。

トーヤはフレイムドラゴンの幼竜の後ろへ回り、右翼の内側へ移動する。

「では、振り掛けますね」

『キュルルン』

右翼の内側には、何度も切り付けられたかのような、深い切り傷が付いていた。

そこへポーションを振り掛けると、傷口から淡く白い光が発生する。

光が明滅を繰り返すたびに、傷口は塞《ふさ》がっていく。

その光景は日本では絶対にお目に掛かれないものであり、トーヤは内心驚いていた。

ポーションを全て振り掛けてしばらくしてから、呟く。

「……光が、消えましたね」

『……キュルルラッ！』

フレイムドラゴンの幼竜は元気良く鳴いた。そして両翼を羽ばたかせ、空へ飛び上がる。

「うおっ！　……おや？　風が、吹いていない？」

突風に晒されると思ったトーヤは反射的に目を閉じたが、巨体が飛び上がったのとは対照的に一切の風を感じなかった。

フレイムドラゴンの幼竜は下にいるトーヤを見ながら、空中を勢い良く飛び回っている。

「……あの傷のせいで、飛べなかったのですね？」

トーヤが独り言のように呟くと、幼竜は空中で返事をするように鳴き声を上げる。

『キュルルン！』

「いやはや、本当に治ってよかったです」

『キュルルン！　ギャルラッ！　ギャルラララッ！』

フレイムドラゴンの幼竜が北の空を向きながら大きく鳴いた。

「おや、どうしたのですか？」

トーヤだけではなく、その場にいた全員が同じ方向へ視線を向ける。

——バサッ！　バサッ！

視線の先から現れたのは、もう一体の竜。フレイムドラゴンの成竜だった。

「なんとまあ、あちらは幼竜よりも何倍も大きな体をしているのですね」

トーヤは感動したように呟く。

二匹の竜はまるで会話をしているように交互に鳴き声を上げると、トーヤを見た。

『…………グルアアアアアアァァァァアァァッ!!』

そして、成竜は咆哮を上げ、体を大きく震わせる。

すると巨大なフレイムドラゴンの鱗が数枚、ドンッ！　ドンッ！　と大きな音を立て、トーヤの近くに落ちてきた。その意図がいまいち分からず、トーヤは成竜を見つめる。

「これはいったい？　……うーん、大きいドラゴンになると、古代眼では感情を鑑定することができないようですね」

トーヤが首を傾げていると、トーヤの気持ちを察したように成竜が幼竜に顔を寄せる。

すると、幼竜の感情がウインドウに映し出された。

それを見て、トーヤはようやく状況を理解する。

「……あぁ、なるほど、お礼だったのですね。そういえば、ドラゴンの素材には価値があるとジェンナ様が仰っていました。ふふ、ありがとうございます……」

そう言ってトーヤが二匹の竜に頭を下げると、幼竜と成竜は同時に大咆哮を響かせる。

『ギャルララララアアアアァァッ！』

『グルラララアアアアァァッ！』

そして、そのまま北の方角へと飛び去ってしまった。

「いやはや、何事もなく終わってよかったですねぇ」

トーヤはそう口にしながら振り返る。するとそこには、鬼の形相を浮かべたミリカが立っていた。

「……あー、いや、そのー」

トーヤが後退りしながらそう言うと、ミリカは大声で叫ぶ。

「トーヤ！　あなた、何をやっているの！」

「も、もももも、申し訳ございませんでし――ぶふっ⁉」

怒鳴られると思ったトーヤは謝罪しようとしたのだが、言葉の途中でミリカにギュッと抱きしめられてしまった。

「……あの、ミリカさん？」

状況が分からずトーヤが呟くと、ミリカは涙を流しながら言葉を漏らす。

「心配したんだから！　本当に、心配したんだからね！」

ミリカが泣いていることに気づき、トーヤは反省しながら謝罪の言葉を口にする。

「勝手な行動を取ってしまって、申し訳ございませんでした」

「でも、きっとトーヤにしか分からない何かがあったんでしょ？　だから行動したんだよね？」

「はい。あのままでは皆さんが危険だと思いまして」

トーヤがそう言うと、ミリカは抱きしめていた腕をほどいた。

その後涙を拭うと、小さく息を吐いてから改めてトーヤを見つめる。

「……でも、せめて一声かけてほしかったかな～」

トーヤが再び困り顔を浮かべていると、ギグリオ、ダイン、ヴァッシュも険しい顔つきでトーヤの元に近づいてくる。

「さっきのはどういうつもりか、きちんと説明してもらうからな、坊主？」

「自ら危険に飛び込むとは、どういうことだ？」

「おい、ガキ。ちょっとこっち来いや」

「……あは、あはは……その、何といいますか……」

幼竜を鑑定できたことをはじめとして、なんと説明したら良いかと、トーヤは考える。

だが、四人から向けられる圧が強すぎるせいで、上手く言葉を纏められない。

あわあわと慌てているトーヤをじっと眺めたのち、ギグリオが諦めたように口を開く。

「……まぁ、説明はあとでいい。それに、さっきの成竜に襲われていたら、俺たちは全滅だっただろうからな。それだけでも坊主はお手柄だ」

頭をガシガシと掻きながらそう言うギグリオを見て、ダインとヴァッシュも脱力する。

「確かにそうですね。幼竜一匹ですら誰かは犠牲になるかも知れないと思っていましたから」

「チッ、犠牲者なしで追い払えたなら、最高の結果ではあるけどよ？」

それに続いてミリカが口を開く。

「結局は、トーヤのおかげでフレイムドラゴンを追い払えたってことだよねー！」

その言葉を最後に、ダイン、ミリカ、ヴァッシュ、ギグリオの四人はにかっと笑った。

それを見たトーヤは、思わず叫ぶ。

「……な、なんなのですか、もう！　皆さんに睨まれて、とても怖かったのですよ！」

そう言って頬を膨らませるトーヤをからかうように、ミリカは言う。

「それをフレイムドラゴンの前に立っていた人が言うかなー？」

ダインとヴァッシュもそれに頷く。

「然り。おかしな話だな」

「ガキ……てめぇ、根性があるのかないのか、どっちなんだ？」

それを見て、ギグリオが愉快そうに笑う。

「がははははっ！　まあ、被害なくフレイムドラゴンの危機は去ったわけだ！　よかったってことよ！」

こうして、フレイムドラゴンの騒動は幕を下ろしたのだった。


ギグリオは巨大すぎて馬に乗せられないフレイムドラゴンの成竜の鱗を監視、運搬するため、複数の冒険者と共に山に残ることになった。

あの鱗は今後冒険者ギルドが管理することになったのだ。

冒険者の多くは、『鱗はトーヤのものだ』と主張していたが、トーヤ本人が、自分だけでは山に行くことすらできなかったと主張したため、冒険者ギルドの共有財産となった形である。

現在、トーヤはダインの操る馬に乗せてもらい、ラクセーナまでの帰路を辿っている。

「ようやくラクセーナに帰れますね。なんだか長く留守にしていた気分です」

ダインの両腕の間でトーヤはそう呟いた。ダインが笑いながら答える。

「一番の功労者だものな。本当にお疲れ様だ」

「……私が功労者ですか？」

「当然だろう。フレイムドラゴンを追い払えたのは、トーヤのおかげなのだからな」

「うーん、そうなのでしょうか？　私だけではフレイムドラゴンの幼竜に出会う前に、別の魔獣に殺されていたと思います。皆さんがいてくれたからこそですよ？」

トーヤは当然といった様子で言うが、ダインは呆れたような顔をする。

「全く、自分の能力に自覚を持たなければ、いろいろと危うそうだな。トーヤは」

「私の能力ですか？　……まあ、古代眼はすごいと思いますが……私自身は普通ですよ？」

「……これはジェンナ様に要相談だな」

ダインが苦笑しながらそう口にしたタイミングで、ついにラクセーナが見えてくる。

「俺たち冒険者はこれから打ち上げをするが、トーヤはどうする？　参加するか？」

「い、今から打ち上げですか？　さすがに疲れてしまったので、すぐにでも休みたいですね……」

さすがに子供にこれ以上無理はさせられないと思い、ダインは小さく笑う。

「トーヤは今日の主役ではあるが……仕方ないか」

「いえいえ、主役は冒険者の方々で——」

「ふっ、トーヤならそう言うと思っていたよ」

ダインに言葉を遮られてしまい、トーヤは苦笑しながら口を閉ざす。

そして五分ほど無言の時間が続き、トーヤたちは門の前に到着した。

「よし、着いたぞトーヤ。……トーヤ？」

ダインは馬を止めて声を掛けるが、トーヤからの返事はない。

トーヤはダインの腕の間で、寝息を立てていた。

「……すでに寝てしまっていたか」

トーヤの無垢《むく》な寝顔を見て、ダインは思わず微笑んだ。

「……今日は本当に助かったぞ、トーヤ」

そう呟き、ダインはトーヤを起こさないよう慎重に抱えながら馬から降りた。

そして門の前で待機していたジェンナにトーヤが泊まっている宿を聞き、彼をそこまで送り届けてから、打ち上げが行われる酒場へと向かうのだった。

◆◇◆◇第九章：トーヤ、日常へ戻る◇◆◇◆

翌朝、目を覚ましたトーヤは珍しく寝起きが悪く、ベッドに腰掛けたままボーッとしていた。

「……私、どうやら寝てしまったようですね」

ダインの馬に乗せてもらっていたところまでは覚えているが、途中からの記憶がない。

ここまでおそらくダインが運んでくれたのだと思い、トーヤは今度彼に会った時にはしっかりお礼を言うことを決めた。

今日は休みだ。ならば一日宿にいても良いのだが――

「ジェンナ様に報告がてら、一度商業ギルドに顔を出してみますか」

そう結論づけたトーヤは、女将に声を掛けて水桶を用意してもらい、体を洗ってから宿を出た。

商業ギルドに到着すると、すぐにフェリから驚きの声があがった。

「えっ！　トーヤ君、どうしたの⁉　今日はお休みでしょ？」

「おはようございます、フェリ先輩。昨日は突然仕事を抜けてしまい、大変失礼いたしました。あの後、何かトラブルはなかったか気になりまして」

トーヤがそう言うと、フェリは納得したように頷く。

「こっちは何にもないよ！　それより聞いたよ、トーヤ君！　大活躍だったんでしょう？」

「……？　いえいえ、何も活躍などしていませんよ。そのようなデマをどこから？」

フェリが言ったことがいまいち分からず、トーヤは首を傾げた。そんな彼の後方から声がする。

「坊主が大活躍したと伝えたのは俺だ」

振り向いた先にいたのは、ギグリオだった。

「トーヤ君って、本当に謙虚《けんきょ》だよね」

クスクスと笑うフェリ。トーヤは腕組みしながら考え込む。

彼からすれば命のやり取りをしていた冒険者たちの方がよほど立派だと感じる。しかしこれ以上言っても仕方ないと、自分への賛辞《さんじ》を受け入れた。

「それよりも、ギグリオさんはどうして商業ギルドに？」

ギグリオは顔をグイッとトーヤに近づけた。

「フレイムドラゴンの成竜の鱗の鑑定を頼む！　あのあと、無事にこっちまで持ってこられたんだ！」

ギグリオはそう言って、商業ギルドの外を指さす。

大きな布がかぶせられた荷車が外にあったことを思い出しつつ、トーヤは首を傾げる。

「フレイムドラゴンの鱗だと分かっているのですから、鑑定する意味がないのでは？」

「知りたいのはいくらになるかだよ！　その金を昨日参加していた冒険者全員に山分けしようと思ってな！」

ギグリオはそう説明し、トーヤは納得したように頷く。だが、そこには一つの問題があった。

「……あの、私は本日、お休みをいただいております」

「……な、なんだと？」

「ですから、休みなのです」

「坊主は今、ここにいるじゃねえか！」

「ちょっとしたご挨拶をするだけのつもりでしたので、もう帰りますよ？」

そう口にして踵を返そうとしたトーヤだったが、その肩をガシッとギグリオに掴まれてしまう。

「別に少しくらいいいじゃねぇか！　すぐ終わるだろ？」

「そう言われましても、勤怠の管理などがありますし、お休みの日に仕事をするわけには……」

トーヤが持ち前の真面目さを発揮していると、二階からジェンナが歩いてきた。

「おはようございます、ジェンナ様」

トーヤは彼女に挨拶した。

「おはよう、トーヤ。あなたとギグリオの話は聞いていたわ。早く帰って休みなさい」

「はい、そういたします」

ジェンナに微笑みながら言われ、トーヤは即答した。

「んなっ!? 坊主！ あれをここまで持ってくるの、かなり大変だったんだぞ！ 外に放置するわけにもいかないし！」

再びギグリオが懇願しようとしたところで、さらに別の声が響く。

「おーい！ トーヤー！」

商業ギルドの入り口にはミリカ、ダイン、ヴァッシュの三人の姿があった。

「おや？ ミリカさんたちではないですか。どうしたのですか？」

「んー……暇だから見に来たの！」

答えになっていないような答えである。トーヤは首を傾げた。

すると、ミリカの言葉を補足するようにダインが言う。

「昨日の今日だ、俺たちも一日休むことにしたのだ」

「なるほど……あっ、そう言えばダインさん！ 昨日は申し訳ございませんでした。それと、ありがとうございました」

深々と頭を下げるトーヤに、ダインは優しい口調で答える。

「構わんさ、気にするな」

「おい、ガキ。体調は大丈夫か？」

面倒くさそうに口を開くヴァッシュに、トーヤは笑みを向ける。

「はい、大丈夫です。ご心配をお掛けしました」

「けっ！　心配なんてしてねぇっての」

そう言ってそっぽを向くヴァッシュを、微笑ましく思うトーヤ。

「それより、トーヤも今日はお休みなんだよね？　一緒に出かけない？」

ミリカがそんな提案をした。しかし慌てたようにギグリオは口を開く。

「待て、ミリカ！　坊主にはこれから鑑定を――」

「トーヤはお休みよ。昨日の詳細についても、トーヤに聞くのは明日以降だからね？」

「ジェ、ジェンナ～！」

ギグリオが悲痛な声を上げているが、これぱっかりはトーヤにもどうしようもない。

商業ギルドで働く身としては、商業ギルドのやり方に沿うしかないのだ。

「それでは今日一日、よろしくお願いいたします。ミリカさん、ダインさん、ヴァッシュさん」

「お任せあれ～」

「俺たちでよければ案内しよう」

「ちっ！　……まあ、今日くらいは付き合ってやるよ」

こうしてトーヤはダインたちと共にギルドを出る。

（良い人たちに恵まれたものです。女神様にいただいた二度目の人生は、笑顔が絶えない今の職場で、長く働きたいものですね）

心の中でそう願いながら、今日だけは仕事のことを忘れて楽しもうと、トーヤは思うのだった。

異世界ゆるり紀行
子育てしながら冒険者します
1~15
水無月静琉
Minazuki Shizuru
シリーズ累計110万部(電子含む)突破!!
2024年待望のTVアニメ化!
1~15巻好評発売中!
コミックス1~8巻好評発売中!
異世界ゆるり紀行 子育てしながら冒険者します
水無月静琉
転生したら双子を保護しました。
子連れ冒険者の異世界のんびりファンタジー!
子連れ冒険者ののんびりファンタジー!
神様のミスで命を落とし、転生した茅野巧。様々なスキルを授かり異世界に送られると、そこは魔物が蠢く森の中だった。タクミはその森で双子と思しき幼い男女の子供を発見し、アレン、エレナと名づけて保護する。アレンとエレナの成長を見守りながらの、のんびり冒険者生活がスタートする!
異世界ゆるり紀行 子育てしながら冒険者します
水無月静琉
みずなともみ
1
転生したら幼い双子を保護しました。
シリーズ累計15万部!!
◉各定価:1320円(10%税込) ◉Illustration:やまかわ
◉漫画:みずなともみ B6判 ◉各定価:748円(10%税込)

月が導く異世界道中
Tsukiga Michibiku Isekai Dochu
あずみ圭
Azumi Kei
1~19
8.5
シリーズ累計360万部の超人気作!(電子含む)
TVアニメ第2期
2024年1月8日から 2クール 放送開始!
TOKYO MX・MBS・BS日テレほか
異世界へと召喚された平凡な高校生、深澄真。彼は女神に「顔が不細工」と罵られ、問答無用で最果ての荒野に飛ばされてしまう。人の温もりを求めて彷徨う真だが、仲間になった美女達は、元竜と元蜘蛛!? とことん不運、されどチートな真の異世界珍道中が始まった!
2期までに
原作シリーズもチェック!
薄幸系男子の成り上がりファンタジー、開幕!
なんでだろう 親の都合で異世界へ
●各定価:1320円(10%税込)
●illustration:マツモトミツアキ
1~19巻好評発売中!!
とことん不運、されどチート!!
漫画:木野コトラ
●各定価:748円(10%税込) ●B6判
コミックス1~13巻好評発売中!!

Re:Monster
リ・モンスター
金斬児狐
Kanekiru Kogitsune
1〜9・外伝
8.5
暗黒大陸編1〜3
シリーズ累計
150万部
(電子含む)
突破!
TVアニメ化
決定!!
ネットで話題沸騰!
怪物転生
ファンタジー
最弱ゴブリンの下克上物語 大好評発売中!
コミカライズも大好評!
Re:Monster
リ・モンスター
金斬児狐
転生したのはまさかの最弱ゴブリン!?
【小説】
1〜9巻/外伝/8・5巻
新章
Re:Monster
リ・モンスター
暗黒大陸編
1
金斬児狐
新たな旅が今始まる!
最弱ゴブリンから最強黒鬼 そして新世界の伝説へ!
65万部!
新シリーズ!
【小説】
1〜3巻(以下続刊)
Re:Monster
リ・モンスター
1
最弱ゴブリン!?
異世界下克上
サバイバルファンタジー
累計23万部突破!!
待望のコミカライズ!!
【漫画】
1〜10巻(以下続刊)
◉各定価:1320円(10%税込)
◉illustration:ヤマーダ
◉各定価:1320円(10%税込)
◉illustration:NAJI柳田
◉各定価:748円(10%税込)
◉漫画:小早川ハルヨシ

型録《カタログ》通販から始まる、
追放令嬢のスローライフ
1・2
呑兵衛和尚
Nonbeosyou
アルファポリス
第15回
ファンタジー小説大賞
ユニーク
異世界ライフ賞
受賞作!!
魔法の型録《カタログ》で手に入れた
異世界【ニッポン】の商品で大商人に!?
これがあれば
追放生活も楽勝です!
国一番の商会を持つ侯爵家の令嬢クリスティナは、その商才を妬んだ兄に陥れられ、追放されてしまう。旅にでも出ようかと考えていた彼女だったが、ひょんなことから特別なスキルを手に入れる。それは、異世界【ニッポン】から商品を取り寄せる魔法の型録《カタログ》、【シャーリィの魔導書】を読むことができる力だった。取り寄せた商品の珍しさに目を付けたクリスティナは、魔導書の力を使って旅商人になることを決意する。「目指せ実家超えの大商人、ですわ!」――駆け出し商人令嬢のサクセスストーリー、ここに開幕!
●各定価:1320円(10%税込)　●illustration：nima
型録通販から始まる、追放令嬢のスローライフ
アルファポリス
型録通販から始まる、追放令嬢のスローライフ
2
呑兵衛和尚
勇者様も欲しがる
異世界の逸品
勢ぞろい!
アルファポリス

この作品に対する皆様のご意見・ご感想をお待ちしております。
おハガキ・お手紙は以下の宛先にお送りください。

【宛先】
〒150-6019 東京都渋谷区恵比寿 4-20-3 恵比寿ｶﾞｰﾃﾞﾝﾌﾟﾚｲｽﾀﾜｰ 19F
（株）アルファポリス書籍感想係

メールフォームでのご意見・ご感想は右のＱＲコードから、
あるいは以下のワードで検索をかけてください。

アルファポリス　書籍の感想　検索

ご感想はこちらから

本書は Web サイト「アルファポリス」（https://www.alphapolis.co.jp/）に投稿されたものを、
改題・改稿、加筆のうえ、書籍化したものです。

ファンタジーは知《し》らないけれど、何《なに》やら規格外《きかくがい》みたいです
神《かみ》から貰《もら》ったお詫《わ》びギフトは、無限《むげん》に進化《しんか》するチートスキルでした

渡琉兎（わたり りゅうと）

2024年 2月29日初版発行

編集－彦坂啓介・若山大朗・今井太一・宮田可南子
編集長－太田鉄平
発行者－梶本雄介
発行所－株式会社アルファポリス
〒150-6019 東京都渋谷区恵比寿4-20-3 恵比寿ｶﾞｰﾃﾞﾝﾌﾟﾚｲｽﾀﾜｰ19F
TEL 03-6277-1601（営業） 03-6277-1602（編集）
URL https://www.alphapolis.co.jp/
発売元－株式会社星雲社（共同出版社・流通責任出版社）
〒112-0005 東京都文京区水道1-3-30
TEL 03-3868-3275
装丁・本文イラスト－たく
装丁デザイン－AFTERGLOW
印刷－中央精版印刷株式会社

価格はカバーに表示されてあります。
落丁乱丁の場合はアルファポリスまでご連絡ください。
送料は小社負担でお取り替えします。

ISBN978-4-434-33475-7 C0093